इश्क़ में शहर होना

फ़ेसबुक फ़िक्शन : लप्रेक

D1832545

इश्क़ में शहर होना

रवीश कुमार

चित्रांकन
विक्रम नायक

सार्थक
राजकमल प्रकाशन का उपक्रम

ISBN : 978-81-267-2767-4

मूल्य : ₹ 199

© रवीश कुमार
© रेखाचित्र : विक्रम नायक
© लेखक-फ़ोटो : मदन गहलोत

पहला संस्करण : जनवरी, 2015
सोलहवाँ संस्करण : मार्च, 2024

सार्थक राजकमल प्रकाशन का उपक्रम

प्रकाशक
राजकमल प्रकाशन प्रा. लि.
1-बी, नेताजी सुभाष मार्ग, दरियागंज
नई दिल्ली-110 002

शाखाएँ
अशोक राजपथ, साइंस कॉलेज के सामने, पटना-800 006
पहली मंज़िल, दरबारी बिल्डिंग, महात्मा गांधी मार्ग, प्रयागराज-211 001
1, अनमोल सोराबजी संतुक लेन, धोबी तलाव, मरीन लाइंस, मुम्बई-400 002

वेबसाइट : www.rajkamalprakashan.com
ई-मेल : info@rajkamalprakashan.com

मुद्रक
यश प्रिंटोग्राफ़िक्स
नोएडा-201 301 (उत्तर प्रदेश)

ISHQ MEIN SHAHAR HONA
Nano Stories by Ravish Kumar
Illustrations by Vikram Nayak

इस पुस्तक के सर्वाधिकार सुरक्षित हैं। प्रकाशक की लिखित अनुमति के बिना इसके किसी भी अंश को फ़ोटोकॉपी एवं रिकॉर्डिंग सहित इलेक्ट्रॉनिक अथवा मशीनी, किसी भी माध्यम से, अथवा ज्ञान के संग्रहण एवं पुन:प्रयोग की प्रणाली द्वारा, किसी भी रूप में, पुनरुत्पादित अथवा संचारित-प्रसारित नहीं किया जा सकता।

नॉयना के लिए

क्रम

इश्क़ के लायक़ बनें शहर

हीरो! 1983 के साल में एक फ़िल्म आई थी। इसका एक गाना है—प्यार करने वाले कभी डरते नहीं, जो डरते हैं वो प्यार करते नहीं। मैं अक्सर यूट्यूब पर इस गाने को देखता रहता हूँ, लेकिन *इश्क़ में शहर होना* के पहले सजिल्द संस्करण के लिए नई भूमिका लिखते हुए इस गाने को फिर से देखने लगा। मौजूदा भारत के सन्दर्भ में इस गाने का पूरा पाठ ही अब बदल गया है। इस गाने में नायक का नाम जयकिशन है। नायिका का नाम राधा माथुर है। इस गाने के सेट और सन्दर्भ पर ग़ौर करें तो बहुत कुछ दिखता है। प्रेमी जोड़ा मंच से शहर के दबंग पुलिस अधिकारी को चुनौती दे रहा है जो मंच के सामने मुख्य अतिथि के रूप में बैठे हैं। यह अधिकारी राधा के पिता हैं। इस गाने में एक जगह 1960 में आई *मुग़ल-ए-आज़म* फ़िल्म के एक सीन का ज़िक्र है। बादशाह अकबर अनारकली को दीवारों में चिनवा देता है। यहाँ जयकिशन और राधा गा रहे हैं कि हद से हद क्या करेंगे, दीवार में चिनवा देंगे! *मुग़ल-ए-आज़म* की बेबस अनारकली का बदला *हीरो* फ़िल्म के जयकिशन और राधा अपने गाने में ले रहे हैं। कलाकार के ख़ानदान के लिहाज़ से देखें तो पुलिस अफसर का किरदार निभाने वाले शम्मी कपूर के दादा पृथ्वीराज कपूर ही तो अकबर बने थे। कुछ नहीं बदला, लेकिन बदलने की चाह भी तो नहीं बदली! आनन्द बख़्शी लिखते हैं—

लम्बी दीवारें चुनवा दो
लाख बिठा दो पहरे
रस्ते में बिछा दो ऊँचे पर्वत सागर गहरे
तूफ़ाँ कब रुकते हैं बादल जब झुकते हैं
सारे कह उठते हैं सारे कह उठते हैं
प्यार करने वाले कभी डरते नहीं

हाँ डरते नहीं
जो डरते हैं वो प्यार करते नहीं

इस गाने में जयकिशन बाँसुरी बजाता है। निर्देशक और कहानीकार ने कृष्ण और राधा के प्रेम से प्रेरणा ली है। हीरो का नाम जयकिशन रखा है। लेकिन जयकिशन ने शेरवानी पहनी है। हाथ में शेरवानी के साथ पहनी जाने वाली टोपी है। आज का भारत होता तो कहानी कुछ यों होती कि प्रेमी को शेरवानी में गाते देख पुलिस तुरन्त ही अरेस्ट कर लेती और न्यूज़ चैनलों पर ख़बरें चल रही होतीं—लव जिहाद के मामले में जयकिशन गिरफ़्तार। शेरवानी पहनकर आया था जयकिशन! उसका इरादा प्यार नहीं, लव जिहाद था। भारत में प्रेम करना पहले भी मुश्किल था, अब असम्भव हो चुका है। अपराध हो चुका है।

भारत के नौजवानों के पास ख़ास सपने नहीं हैं। उन सपनों में कोई जान नहीं है। कोई ख़्वाब नहीं है। नौकरी और दहेज़ तक पहुँचकर उनके सारे सपने दम तोड़ जाते हैं। ले-देकर प्यार का ही एक सपना है जो उनकी दमित इच्छाओं के बंडल में लिपटा रहता है। इन बंडलों को खोलने के लिए दशकों से तमाम भाषाओं के सिनेमा-संसार ने अपनी सारी प्रतिभाएँ फूँक दीं। प्रेम को केन्द्र में रखकर असंख्य फ़िल्में बनीं और गाने लिखे गए। प्रेम के गाने अमर हो गए। मगर इनका असर यह हुआ कि दमित इच्छाएँ आज़ाद होने की जगह इन गानों और फ़िल्मों के संवादों से बंडल की नई परतें बनाने लग गईं। हमारा समाज प्रेम के गाने सुनने और देखने वाला समाज है। यूट्यूब में गाने के व्यूज़ कॉर्नर पर देखने वालों ने करोड़ों की संख्या में अपने निशान छोड़े हैं। अपने एकान्त और उत्सवों में प्यार के गानों पर झूमने वाला यह समाज अब एक ऐसी भीड़ में बदला जा चुका है जो लव जिहाद के नाम पर प्रेमियों का पीछा करने लग सकती है। *हीरो* फ़िल्म के जिस गाने का ऊपर ज़िक्र किया है, उसका आख़िरी सीन आज यही होता कि गाने के अन्त में खड़े होकर प्रेमियों के लिए ताली बजाने की जगह लोग पत्थर मारने लगते। पुलिस पूछताछ करने लगती कि जयकिशन शेरवानी में क्यों आया था? क्या वह

जयकिशन ही था, कहीं जमाल तो नहीं था? भारतीय सिनेमा संसार के महान और अ–महान गीतकारों, संगीतकारों, फ़िल्मकारों और निर्माताओं की दशकों की मेहनत का नतीजा यह निकला है कि भारत में लव के साथ जिहाद जोड़कर उसे अपराध में बदल दिया गया है। शेक्सपियर ने जिस रोमियो का किरदार खड़ा किया, उस रोमियो का नाम प्रेम से काटकर छेड़खानी करने वाले अपराधियों की पीठ पर चिपका दिया गया है। उनके लिए कोई नया शब्द तक नहीं मिला! रोमियो बुलाकर जूलियट के इस जोड़ीदार को आपराधिक बना दिया गया है। पुलिस में एक एंटी रोमियो दस्ता बना दिया गया है। प्यार करना जुर्म हो चुका है।

छपी हुई ख़बरों की छानबीन से पता चलता है कि उत्तर प्रदेश की पुलिस का एंटी रोमियो दस्ता अलग–अलग शहरी ठिकानों में सात लाख से अधिक लोगों की चेकिंग कर चुका है। इन ख़बरों में इन सात लाख लोगों का पूरा ब्योरा नहीं मिलता है। क्या ये सात लाख लोग अपने महबूब या दोस्त के साथ किसी मॉल में या पार्क में बैठे हुए गप्प करते देखे गए थे या ये सात लाख लोग किसी छेड़खानी की शिकायत के बाद चेक किए गए थे? आप किसी दोस्त या महबूब के साथ कहीं बैठे हैं और पुलिस का एंटी रोमियो दस्ता आपकी चेकिंग करता है, पूछताछ करता है तो यक़ीनन आपके दिलोदिमाग़ पर अच्छा असर नहीं छोड़ेगा। छेड़खानी रोकने के बहाने प्रेम को अपराध बना दिया गया। फ़िल्मी गानों को सुनकर और देखकर ताली बजाने वाला समाज इसे स्वीकृति देता चला गया। ख़बरों से यह भी पता चलता है कि ज़बरन धर्मान्तरण रोकने के नाम पर बने क़ानून के बनने के पहले ही महीने में यूपी में 50 से अधिक लोग गिरफ़्तार किए जा चुके हैं। इनमें से एक महिला गर्भवती थी जिसका आरोप है कि इंजेक्शन देकर उसका गर्भ गिरा दिया गया।

भारतीय सिनेमा–संसार की प्रेमकथाएँ सिर्फ़ प्रेमियों को मिलाने के क़िस्से नहीं हैं। बल्कि इन क़िस्सों के सहारे भारत की आज़ादी की लड़ाई के दौरान देखे गए ख़्वाबों को पूरा करने की कोशिश भी है। समाज को भाषा, जाति और वर्ग के बन्धनों से आज़ाद कराने का संघर्ष भारतीय

सिनेमा ने किया। इस संघर्ष के भी अपने अन्तर्विरोध हैं। मोटा–मोटी देखें तो प्रेम पर बनी हर फ़िल्म इतना तो चाहती ही थी कि इस देश में ऐसे नौजवान हों जो अपने प्रेम के प्रति ईमानदार हों। साहसिक हों। उनका हीरो सिर्फ़ चाहतों की तड़प से न घिरा हो, बल्कि उनके लिए समाज की जड़ताओं से टकरा जाने का माद्दा भी रखता हो। प्रेम के एक से लगने वाले प्लाट के भीतर कई तरह की विविधताएँ मौजूद थीं।

1981 में *एक दूजे के लिए* फ़िल्म आई थी। इसमें हिन्दी और तमिल के बीच की दीवार गिरा दी गई। वह दीवार आज भी है लेकिन उसे गिराने की कल्पना के लिए प्रेम का ही सहारा लिया गया। 2016 में मराठी में एक फ़िल्म आई थी—*सैराट*; इस फ़िल्म की कहानी भी प्रेम पर आधारित थी। प्रेमी जोड़ा दलित और पिछड़ी जाति का था। पहली बार ऐसे अन्तर्विरोध को लेकर कोई फ़िल्म आई और लोकप्रिय हो गई। 2020 के बाद के भारत में अगर किसी ने ऐसी फ़िल्म बना दी जिसका हीरो मुसलमान हो और हीरोइन हिन्दू तो शायद वह फ़िल्म जला दी जाएगी। निर्देशक जेल जाएगा और कलाकारों का बहिष्कार होगा कि ये लोग लव जिहाद को बढ़ावा दे रहे हैं। गोदी मीडिया उनके घर के सामने खड़ा होकर घंटों गालियाँ देगा कि क्या इन किरदारों को प्रेरक कहानियों में अभिनय नहीं करना चाहिए! प्रेरक कहानियाँ—जिनकी फ़ैक्टरी में कब से सुबोध बालक और बालिका पैदा होती है। सुबोध बालक बनाने के नाम पर भारतीय समाज में बालकों को डरपोक बना दिया गया। जो बचपन से ही लोकतंत्र के स्वाद से वंचित रहता है और तानाशाही की घुड़कियों को प्यार समझ लेता है। ऐसे नौजवानों से भरा कोई भी समाज केवल बर्बाद हो सकता है, आबाद नहीं।

अब आप ऐसे दृश्यों की कल्पना के लिए फ़िल्म न देखा कीजिए। बस, किसी दोस्त के साथ निकल जाइए। पित्ज़ा खाने। पता चलेगा, पुलिस थाने ले गई है। आपसे पूछताछ कर रही है कि कहीं आप रोमियो तो नहीं हैं। लव जिहादी तो नहीं हैं। केरल की हादिया सुप्रीम कोर्ट तक इस लेबल के ख़िलाफ़ लड़ आई। उसके पति को अलग कर दिया गया

था। राष्ट्रीय जाँच एजेंसी को लगा दिया गया था कि कहीं हादिया का फ़ैसला धर्मान्तरण कराने के किसी गिरोह का खेल तो नहीं है। हादिया ने ऐसी बातों से इनकार किया था और हादिया को अपनी पसन्द के हिसाब से जीने का हक़ दिया गया। लव जिहाद के नाम पर एक सांस्कृतिक-साम्प्रदायिक दीवार बना दी गई है। क़ानून में इस शब्द का ज़िक्र भले न हो, मगर समाज और मीडिया में इस क़ानून को इसी शब्द से जाना जाता है। अब आप आज के भारत में बोलेरो जीप में सवार पुलिस को किसी का पीछा करते देखें तो आपके दिमाग़ में यह बात सबसे पहले आनी चाहिए कि ज़रूर कोई प्रेमी जोड़ा शहर में दिख गया है। पुलिस प्रेमियों को गिरफ़्तार करने निकली है। सायरन बजा रही है। सायरन सुनता हुआ शहर अपनी शवयात्रा पर निकला हुआ है।

इश्क़ में शहर होना किताब में दिल्ली शहर के जिन ठिकानों के आसपास की कहानियाँ लिखी गई हैं, उनमें से कुछ दिल्ली दंगों की भेंट चढ़ गए। पूर्वी दिल्ली की जिस बेतरतीब बसावट के बीच इश्क़ के जिन ख़्वाबों को हमने गढ़ा था, उन बसावटों को नफ़रत की आग में जलते देखना तकलीफ़देह रहा। ऐसा लगा, किसी ने मेरी कहानी की प्लॉट आग में फेंक दिया हो। मेरे ज़ेहन में यह किताब चिन्ता की लकीरों की तरह उभरने लगी है। क्या *इश्क़ में शहर होना* के तमाम ठिकानों पर पुलिस कभी भी पहुँच सकती है? क्या प्रेमी जोड़े कभी भी गिरफ़्तार हो सकते हैं? शहर तो दूर, क्या इश्क़ अब शहर के कोने में भी महफ़ूज़ है?

हमने इश्क़ को एक सम्भावना के रूप में देखा है—*इश्क़ में शहर होना*। इससे बड़ी सम्भावना क्या हो सकती है! लगता है कि इश्क़ अब कोना हो गया है। जहाँ वह दफ़्न होगा, आबाद नहीं। 2021 के बाद ऐसी दफ़्न कहानियों पर कोई किताब लिखेगा तो उस किताब के कवर पर लिखा होगा—इश्क़ में कोना होना। प्रेम करने का रास्ता जेल से गुज़रता है। *क्रान्ति* फ़िल्म के एक गाने की लाइन अक्सर याद आ जाती है—वो जवानी, जवानी नहीं, जिसकी कोई कहानी नहीं। यह गाना भी प्रेम का है। आज़ादी के लिए संघर्ष कर रहा नायक बीच समन्दर में प्रेम के गीत

गाता है। आज के भारत में अगर किसी ने बीच शहर में प्रेमी होने का ऐलान किया तो मुमकिन है, पुलिस उसे गोली मार दे!

इश्क़ में शहर होना—आपके पास भारत में प्रेम के इतिहास के किसी भग्नावशेष की तरह न रहे। अपने शहर को इश्क़ के लायक़ बनाइए। अपने समाज को इश्क़ के लायक़ बनाइए। सियासी गुंडा-गिरोहों से इश्क़ को आज़ाद कराइए। गोदी मीडिया के कुंठित एंकरों के आघात से इश्क़ को बचाइए। आपका किरदार निखरेगा। सिर्फ़ पाठक होना इश्क़ में शहर होना नहीं है। असल जीवन में प्रेमी होना ही इश्क़ में शहर होना है।

26 जनवरी, 2021 **रवीश कुमार**

शहर का किताब बनना

हमने शहर को हमेशा गाँव की नज़र से देखा है। जहाँ जाकर लोग गाँव को भूल जाते हैं। शहर मेरी ज़िन्दगी में गाँव बनाम शहर के रूप में आया। तब तक शहर हमारे लिए एक अस्थायी पता–भर था। हम 'स्थायी पता' के कॉलम में गाँव का पता भरते थे। शहर के डेरे का नहीं। हर मौक़े पर बिहार की राजधानी पटना से मोतिहारी ज़िले के गाँव जितवारपुर लौटना होता था। हर वक़्त घर और डेरा का फ़र्क़ बना रहता था। घर मतलब गाँव, डेरा मतलब शहर।

जब भी गाँव लौटकर आना होता था, उलाहनों की पूरी सीरीज़ तैयार होती थी। बड़े–बुज़ुर्ग कहते थे कि गाँव ही अपना है। यही तुम्हारा वजूद है। गाँव को ही जानो–पहचानो। शहर तो तुम्हें बिगाड़ रहा है। गाँव ही बनाएगा। गाँव ही बचाएगा। हम भी ख़ुद को बचाकर रखते थे कि कोई पूरी तरह शहरी न समझ ले। पूरी कोशिश करते थे कि शहर न हो जाएँ। शहर होने का मतलब गाँव से विश्वासघात। उस ज़मीन से धोखा जिसे मेरे पुरखों ने सींचा था। अपना खेत और पेड़ न पहचानने पर बाबूजी से डाँट पड़ जाती थी। ऐसा लगता था कि मेरे आस–पास की दुनिया मुझे शहर से बचाकर रखना चाहती थी लेकिन मैं गाँव को बचाए रखते हुए शहर को खोजना चाहता था।

गाँव से शहर लौटने पर घर से बाहर निकलने की तमाम नई बन्दिशें लागू हो जाती थीं। सूरज डूबने से पहले घर आ जाना है। बहुत दूर के किसी मोहल्ले में यारी–दोस्ती के लिए नहीं जाना है। सिनेमा जाने की छूट इस शर्त के साथ मिलती थी कि शाम से पहले आ जाना है। देर रात की फ़िल्में नहीं देखनी हैं। बुरे चरित्रवाले ही इतनी रात तक सिनेमा देखते हैं। कोई साइकिल छीन लेगा तो कोई भगा ले जाएगा। दोपहर में दरवाज़े–खिड़कियाँ सब बन्द हो जाती थीं। 'हम्बूराबी' के नियम जैसा बन गया था कि बाबूजी के लौटने से पहले सबको लौट आना है। गाँव में ऐसा कोई नियम नहीं था। इसलिए हमने बचपन में गाँव को ख़ूब खोजा है। वहाँ ग़ैर का भी अपना होता था और शहर में सिर्फ़ अपना ही अपना होता है।

शायद ये मेरी माँ की असुरक्षा की भावना ही रही होगी कि एक अनजान शहर में कोई उसके बच्चों को उठा न ले जाए। इसलिए वह बच्चा उठानेवाले धरकोसवा की कहानी सुनाती थी जो मुँह बन्द कर बच्चे को बोरे में कस देता था। माँ की यह असुरक्षा सही भी थी। उसके जीवन में भी कोई शहर पहली बार आया था। बहुत छोटा था जब दोस्तों के साथ खेलते–खेलते भटक गया। काफ़ी खोजबीन हुई। दोपहर तक जब घर नहीं लौटा तो माँ मन्दिर–मन्दिर भटकने लगी।

बाद में एक जैन मन्दिर में मिल गया। मुझे घर का पता नहीं मालूम था, इसलिए मन्दिरवाले ने अपने यहाँ रख लिया था। माँ आज तक जैन मन्दिर का शुक्रिया अदा करती है। कहती है कि आजकल के साधु होते तो तुम्हें ग़ायब ही कर देते। गाँव में घर नहीं खोता है लेकिन शहर में खो सकता है। हम रोज़ अलग–अलग शहरों में कई बार लौटते हुए घर का रास्ता भटक जाते हैं। घर खो जाता है।

धीरे–धीरे मैं धरकोसवा कहानी की प्रेत–छाया से आज़ाद होने लगा। किसी दोपहर अनजान गली या मोहल्ले की तरफ़ चला जाता। सिर्फ़ देखने और पहचानने कि ये मेरे शहर का हिस्सा है। क्यों ये मोहल्ला मेरे मोहल्ले से अलग है ? भटकने की इस आदत ने मुझे शहर का होना बनाना शुरू किया।

पटना एक रहस्य बना रहा मगर उसके कई राज़ मैंने जान लिये। गांधी संग्रहालय के पीछे पीपल के पेड़ के नीचे बैठ गंगा को ख़ूब निहारा करता। दूर नाव से आती आवाज़ को सुनकर ज़िन्दगी के प्रति रोमांच जाग जाता। गणित में फ़ेल होने की यातना से मुक्ति का अभ्यास मुझे कई बार गंगा के इस एकान्त में ले गया। यही वह लम्हे थे जिनमें मैं बिना किसी को बताए शहर को जीने लगा। जैसे ही घर लौटता सारा माहौल ऐसा हो जाता कि घर में किसी शहर को आने नहीं देना है। हम शहर में गाँव के लिए रहते थे।

शहर में शहर के लिए होना सिखाया दिल्ली ने। लेकिन 'इलेवन अप' ट्रेन से उतरते ही दिल्ली का विस्तार देख सिहर गया। पहली ही नज़र में दिल्ली से डर गया। फ़िल्मों में देखा था कि कैसे गाँव से आकर दिलीप कुमार मुम्बई की सड़क के बीचोबीच घिर जाते हैं। कई बार दिल्ली के एम्स

के चौराहे पर पहुँचकर ऐसा ही लगता। डीटीसी बस नम्बर एक नया पता बन गया। हमने उन नम्बरों को पहचान लिया जो मुझे गोविन्दपुरी की तरफ़ ले जाते थे।

धीरे-धीरे समझने लगा कि इतना बड़ा शहर यानी पटना से भी ज़्यादा ख़ज़ाना! मैं दिल्ली आकर वही करने लगा जो पटना में किया करता था। दोपहर में चलने लगा। मैंने दोपहर के वक़्त इस शहर की कई गलियों और मोहल्लों की यात्रा की है। पर सिर्फ़ देखना होता था। घरों की बालकनी में वाशिंग मशीन और नाइटी या मैक्सी गाउन में औरतों को कपड़े साफ़ करने का दृश्य ही मेरे ज़ेहन में दिल्ली बनकर उतरा। ग़ालिब और इंडिया गेट बाद में आए। बल्कि आज तक ठीक से नहीं आए। इतनी बड़ी संख्या में दोपहर के वक़्त नाइटी पहनकर औरतों को घूमते नहीं देखा था। पटना में नाइटी का आगमन तो हुआ था मगर प्रचलन नहीं था। पेंटर होता तो नाइटी पर दिल्ली को पेंट करता।

नयना से दोस्ती ने इस शहर को एक किताब में बदल दिया। बल्कि मैं इस शहर के लिए बदल गया। हम प्रेम में ख़ूब भटके हैं। विदा होने से पहले कुछ और बात कर लेने की बेचैनी ने ख़ूब पैदल चलाया। दिल्ली भी साथ-साथ चलती थी। दिल्ली का अजनबीपन रोमांस का सबसे अच्छा दोस्त है। गाँव की तरह यहाँ मुझे न कोई जानता था, न पहचानता था। प्रेम के इन्हीं पलों में मैंने इमारतों की ऐतिहासिकता को जाना है। मुग़ल आर्किटेक्चर पर नयना के लम्बे-लम्बे लेक्चर सुने हैं। जी, प्रेम में पढ़ना भी पड़ता है। बहस होती है। हम सिर्फ़ ख़ुद को ही नहीं, शहर को भी परिभाषित कर रहे होते हैं। आज भी 'लैपिस लज़ुली' (लाजवर्द) रत्न का नाम सुनते ही कबूतर की तरह गया वक़्त फड़फड़ाने लगता है।

लेकिन मेरी ज़िन्दगी में एक और शख़्स इन्तज़ार कर रहा था जिसके पास दुनिया-भर के शहर थे। दिवंगत इतिहासकार पार्थसारथी गुप्ता। एम.ए. के दिनों में सुने हुए शहरीकरण पर उनके लेक्चर मेरे लिए आज भी गाइड का काम करते हैं। हम सब उन्हें पीएसजी बुलाते थे। उनकी क्लास में कुछ तो ऐसा हुआ जिससे मेरे लिए दिल्ली लोगों की दिल्ली बन गई।

इतिहासकारों की दिल्ली से निकलकर गोविन्दपुरी से लेकर भजनपुरा की दिल्ली में भटकने लगा।

भजनपुरा के पास के इलाक़े में किसी दोपहर घूमने चला गया। हर घर में ब्रा बन रहा था। पहली बार मर्द हाथों को ब्रा बनाते देखा। थान-थान ब्रा को देखना भीतर से बाहर आने जैसा था। ऐसा घबराया कि नज़र बचाकर भागने जैसा लौटने लगा। कई दिनों बाद उन गलियों में दोबारा लौटकर गया। हमने पतंग का माँझा बनते देखा था, जमशेदपुर में टाटा स्टील प्लांट में स्टील बनते देखा था। ब्रा भी बनता है, पहली बार देखा। सबको ब्रा बनते देखना चाहिए। किशोर उम्र के बहुत से लोग कपड़े में जिस्म देखा करते थे। कपड़े को कपड़ा समझने के लिए उसका बनते देखना ज़रूरी है। यही करते-करते मैं किताबों की दिल्ली के बीच लोगों की दिल्ली का वकील बन गया। दिल्ली केवल कॉफ़ी-टेबल शहर नहीं है।

बस तब से शहरों को कई तरह से जिया है। प्रेम हम सबको बेहतर शहरी बनाता है। हम शहर के हर अनजान कोने का सम्मान करने लगते हैं। उन कोनों में ज़िन्दगी भर देते हैं। जैसे छठ के समय हमारे यहाँ कोसी भरा जाता है। खड़े गन्ने का घेरा बनाकर उसके बीच में कितना कुछ भर दिया जाता है। आप तभी एक शहर को नए सिरे से खोजते हैं जब प्रेम में होते हैं। और प्रेम में होना सिर्फ़ हाथ थामने का बहाना ढूँढ़ना नहीं होता। दो लोगों के उस स्पेस में बहुत कुछ टकराता रहता है।

'लप्रेक' उसी कशिश और टकराहट की पैदाइश है। फ़ेसबुक पर 'लप्रेक' का लिखना उसके सीमित स्पेस में बहुत कुछ खोजना था। फ़ेसबुक हमारे लिए एक नया शहर था। ज़िन्दगी में बहुत से लोगों का एक झोंका-सा आ गया। पहली बार की तरह सब एक दूसरे को खोजने लगे। मैं उनके बीच शहर खोजने लगा। 'लघु प्रेम कथा' लिखने लगा जिसे विनीत कुमार और गिरिन्द्रनाथ झा ने और भी बेहतर तरीक़े से बढ़ाया।

अब 'लप्रेक' किताब की शक्ल में आपके हाथ में है। सुदीप्ति से बीसों बार पूछ चुका हूँ कि लोगों को पसन्द आएगी या नहीं। शायद उसका भरोसा है कि 'इश्क़ में शहर हो जाना' किताब बन गई है। सुदीप्ति के दोस्त सत्या

की गारंटी से मैं आश्वस्त तो हो गया, पर नर्वस हूँ। सुदीप्ति और सत्या का शुक्रिया। विनीत का भी जिससे मैं बराबर चेक करता रहा कि साहित्यिक बिरादरी बुरा तो नहीं मानेगी। जितना लिखते वक़्त नहीं सोचा, उससे कहीं ज़्यादा किताब के बारे में सोच रहा हूँ।

राजकमल प्रकाशन समूह को धन्यवाद! उसके प्रबन्ध निदेशक श्री अशोक महेश्वरी का भी धन्यवाद जिन्होंने आखिरकार प्रकाशन की जिम्मेदारी ली।

दरअसल राजकमल के सम्पादकीय निदेशक सत्यानन्द निरुपम की कल्पना से ही इस किताब की शुरुआत हुई। सत्यानन्द ने ही इस किताब के बारे में तरह-तरह से सोचा है। एक क़ाबिल सम्पादक की तरह नया करने के लिए जोखिम उठाने की हद तक जाते रहे। उनका इतना भरोसा न होता तो किताब के लिए 'हाँ' कहना आसान नहीं होता। हिन्दी प्रकाशन की दुनिया में सत्यानन्द नया करने के लिए जीते हैं। हिन्दी को कुछ नया चाहिए। 'लप्रेक' जवाब है या नहीं, लेकिन नया चाहिए। बहुत कुछ नया हो रहा है, लेकिन बातें पुरानी ही हो रही हैं।

विक्रम नायक के बिना यह किताब नहीं बन पाती। विक्रम का काम पहली बार में ही पसन्द आ गया। इतना कि हमने तय किया कि किताब को लेकर मुलाक़ात नहीं करेंगे। विक्रम को भी इसमें अपना शहर भरने की छूट होनी चाहिए। ये किताब विक्रम नायक की भी है। दो लोगों ने मुलाक़ात और बात के बिना ही मिलकर एक किताब लिख दी है।

शुक्रिया NDTV India और उसके लाल माइक का, जिसने मुझे इतने सारे शहरों को देखने का मौक़ा दिया।

मेरी बेटियाँ जब बड़ी होकर इस किताब को पढ़ेंगी तो बस इतनी ख़्वाहिश है कि वे भी अपना शहर आप ही खोजें। तिन्नी और टीपू का शहर। सबका अपना-अपना शहर हो और 'लप्रेक' हो!

रवीश कुमार

15 जनवरी, 2015
नई दिल्ली

एक दुनिया शहर-सी

मैं आज स्माल टाउन-सा फ़ील कर रहा हूँ...
और मैं मेट्रो-सी।
हाँ, जब भी तुम साउथ एक्स से गुज़रती हो, मैं करावल नगर-सा महसूस करता हूँ।
चुप करो। तुम पागल हो। दिल्ली में सब दिल्ली-सा फ़ील करते हैं।
ऐसा नहीं है। दिल्ली में सब दिल्ली नहीं है। जैसे हर किसी की आँखों में इश्क़ नहीं होता...
अच्छा, तो मैं साउथ एक्स कैसे हो गई?
जैसे कि मैं करावल नगर हो गया।
सही कहा तुमने...
ये बारापुला फ़्लाइओवर न होता तो साउथ एक्स और
सराय काले ख़ाँ की दूरी कम न होती।
तुम मुझसे प्यार करते हो या शहर से?
शहर से; क्योंकि मेरा शहर तुम हो।

रात को शहर कितना ख़ाली हो जाता है न!
लगता है सारे इसे अकेला छोड़ कहीं और चले गए हैं। चलो न, आज इस शहर को हँसाते हैं। रात–भर जगाते हैं। कभी पुलिस के बैरिकेड लाँघ जाएँगे तो कभी अँधेरे में अपने ही फन्दे से फँसकर गिर जाएँगे।
तुम कुछ भी कर लो, शहर रात को फिर भी ख़ाली लगेगा।
क्यों?
क्योंकि कोई अपनी तन्हाई यूँ ही हाथ से जाने नहीं देता।

सारंगा तेरी याद में...नैन हुए बेचैन...मधुर तुम्हारे मिलन बिन...दिन कटते नहीं रैन...वो अमवा का झूलना...वो पीपल की छाँव...घूँघट में जब चाँद था...मेहँदी लगी थी पाँव...आज उजड़ कर रह गया...वो सपनों का गाँव...

पता नहीं, धीमी गति के समाचार–सा यह गीत क्यों सुन रहा हूँ! आज यह गाना फ़ेसबुक के स्टेटस–सा लग रहा है। जैसे कोई अमवा और पीपल को याद कर रहा हो। चालीस साल पहले भी नोस्ताल्जिया ऐसी ही थी। गाँव के गाँव उजड़ रहे थे। प्रेम प्रसंग का यह गीत बिछड़ने की आह भरता है तो गाँव के पीछे छूट जाने–सा महसूस करता है। स्वाभाविक था। गाँवों ने शहरों को बसाया तो सही मगर स्मृतियों की सप्लाई इतनी कर दी कि कोई शहर में रहकर शहर से बिछड़ने की उपमा नहीं देता। जैसे तुम्हारी याद में मूलचंद का फ़्लाइओवर सूना लगता है, मेट्रो से गुज़रना बेगाना लगता है।

कमरा ही बदल रहा हूँ। शहर नहीं।
पुष्प विहार के इस कमरे में हमारी यादें हैं और तुम कहते हो सिर्फ़ कमरा बदला है।
देखो, किरायेदार का अपना कोई शहर नहीं होता। दिल्ली के लाखों मकानों में जाने कितने शहर रहते होंगे। तुम उन्हीं मकानों की छत पर मिली थीं। पता ही बदलने जा रहा है।
नहीं, तुम बिल्कुल इमोशनल नहीं हो। काश, इस शहर का दामन होता...
तो क्या कर लेती?
हम उसके दामन में अपना कमरा बना लेते...

नेहरू पार्क की झाड़ियों में सरसराहट से दोनों सहम गए। पत्तियों की झुरमुट से धड़कती आँखों से कोई उन्हें भकोस रहा था। दिल्ली में महफूज़ जगह की तलाश दो ही लोग करते हैं—जिन्हें प्रेम करना है और जिन्हें प्रेम करते हुए लोगों को देखना है। घबराहट में दोनों इतनी तेज़ी से उठे कि पास की झाड़ियों में भी हलचल मच गई। प्रेमियों को लगा कि पुलिस आ गई है। उसका कहा याद रहा—यह कैसा शहर है? हर वक़्त शरीर का पीछा करता रहता है!

बारापुला फ़्लाइओवर से हुमायूँ के मक़बरे की पीठ, निज़ामुद्दीन की छतें, उन पर सूखते कपड़े, कार से उतरते ही वह कहने लगी—आसमान और छत के बीच होने जैसा लगता है यहाँ, ऊँचाई पर होने के बाद भी दिल्ली और तुम्हारे प्यार के बीच की ज़मीन लगती है ये जगह।

आँखों से कैमरा उतार कर मुस्कुरा दिया। इतना ही कहा—दिल्ली का यह कोना सुकून जैसा है न! बिल्कुल तुम्हारे जैसा...

सूरज की किरणें पीछे हटने लगीं जैसे कोई खिड़की का पर्दा धीरे-धीरे खींच रहा हो। गंगा से आती हवाएँ उसकी नारंगी साड़ी उड़ाने लगीं। एक हाथ रेलिंग पर और एक उसके हाथ में। दोनों की पीठ हावड़ा ब्रिज की तरफ़। पास से गुज़रते हज़ारों लोग। सामने एकान्त बनाती गंगा। शहर और गंगा के बीच एक ही दीवार थी। दोनों की पीठ। अपनी पीठ को दीवार बना दोनों हावड़ा ब्रिज की बालकनी में सपनों को भिगो रहे थे...

दोनों को भोर के वक़्त दिल्ली की सड़कों पर निकलने में मज़ा आता। सराय काले ख़ाँ से डीएनडी के फ़्लाइओवर पर पहुँचते ही बड़ा-सा लाल सूरज ओखला के आसमान में नज़र आने लगा। आश्रम की तरफ़ उतरते वक़्त वह कहने लगी कि काश नीचे यमुना भी बची होती।

दिखावे के इस प्रकृति-प्रेम पर वह झुँझला पड़ा।

यमुना विहार से यहाँ तक आने में मेरा तेल निकल गया है और तुम नदी के लिए रो रही हो। जगह की तलाश में हम इस शहर में और कितने शहर बदलेंगे!

दोनों की मुलाक़ात छत्तरपुर के मन्दिर में हुई। मगर अच्छा लगता था उन्हें जामा मस्जिद में बैठना। इतिहास से साझा होने के बहाने वर्तमान का यह एकान्त। 'करीम' से खाकर दोनों मस्जिद की मीनार पर ज़रूर चढ़ते। भीतर के सँकरे रास्ते से होते हुए ऊँचाई से दिल्ली देखने का डर और हाथों को पकड़ लेने का भरोसा। स्पर्श की यही ऊर्जा दोनों को शहरी बना रही थी। चलते-चलते टकराने की जगह भी तो बहुत नहीं दिल्ली में!

किसी अनजान जगह में उसे जी-भर देख लेने की बेचैनी करावल नगर ले आई। ग्रेटर कैलाश के हसीन मकानों के बरक्स उजाड़ और अधूरे घरों का नगर। कपड़ों से बाहर बची ख़ूबसूरती ने करावलनगर में सनसनी फैला दी। करावलनगर के लोग भी छतों-गलियों से उसे देखने लगे।

शिट, कहाँ ले आए मुझे! हम महरौली के फ़ार्म हाउसवाली सड़कों पर भी तो जा सकते थे!

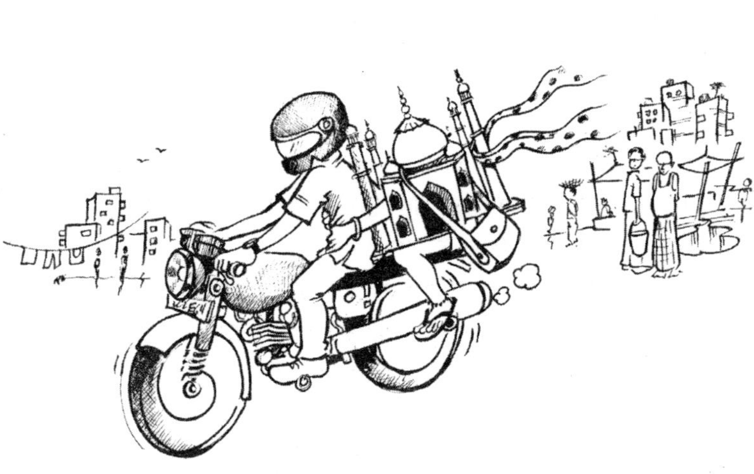

खानपुर से बदरपुर की बस में ठुँसी भीड़ ने दोनों को ऐसे शहर में पहुँचा दिया जहाँ उनके अलावा सब अजनबी थे। हर स्टॉप पर चढ़नेवाली भीड़ के धक्के से दोनों और क़रीब होते जा रहे थे। बस भाग तो रही थी सीधी मगर उन्हें हर बार लगा कि किसी मोड़ पर तेज़ी से मुड़ रही है और गिरने से बचाने के लिए एक दूसरे को थामना ज़रूरी है। शहर में प्रेम के ऐसे कोने अपने आप बन जाया करते हैं। भीड़ में घूरे जाने के बाद भी।

बारिश से बचने के लिए उसने अपना स्कूटर मूलचन्द फ़्लाइओवर के नीचे पार्क कर दिया। दोनों एक दूसरे में इतना खोए रहे कि ध्यान ही न रहा कि अगल-बग़ल में पचासों स्कूटरवाले बारिश ख़त्म होने का इन्तज़ार कर रहे हैं। वह बिना वजह उसके लिए छाता बनने की कोशिश करता रहा। उसे भी बिना ज़रूरत फ़्लाइओवर के नीचे एक छाते का अहसास अच्छा लग रहा था। अगल-बग़ल खड़े सैकड़ों लोग किसी बादल के बचे टुकड़े की तरह उन्हें घूर रहे थे...

सारी दीवारों पर कुछ न कुछ लिख दिया गया था। हर स्टेटस के साथ कमेंट भरा था। घोड़े पर सवार वह उगते सूरज की रौशनी से निकला चला आ रहा था। मानसिक अवसादों से घिरे इस शहर में हर लाइक डिसलाइक की तरह उदास लग रही थी। घोड़े की टाप तस्वीरों पर पड़ती जा रही थी। बाग़ों से लेकर बाँहों में पसरे लोगों की तस्वीरें। घुड़सवार। ख़ामोश ज़ुबानों के इस शहर में शब्दों की मौत का ऐलान पढ़ता जा रहा था। सारे शब्द स्टेटस की दीवारों पर मार कर लटकाए जा रहे थे। कैमरे के क्लोज़-अप में घुड़सवार की आँखें क्रूर लग रही थीं। शब्दों की लाश से बिछ गया है ये शहर। कोई ऐसी बात नहीं जो कही न गई हो। कोई ऐसी लाश नहीं जिस पर शब्दों की काठ न लदी हो। बस एक आग की तलाश में घुड़सवार भागा जा रहा था। *ये दीवारों का शहर है बाबू। यहाँ हर दीवार पर शब्दों की लाश टँगी है*—इस आवाज़ ने पागल कर दिया। घोड़ा हिनहिनाया। टाँग उठाई। घुड़सवार पीछे झुका। आसमान की तरफ़ उठा। लाखों शब्द पपड़ी बनकर उड़े जा रहे थे। आपस में जुड़कर नेटवर्क बनते जा रहे थे। शहर...शब्दकोश में दफ़न होने लगा है।

होना, संग होना फिर-फिर...

स्पाइडरमैन की तरह मेट्रो पर सवार जब वह आनन्द विहार उतरा तो मर्दानापन दुरुस्त करने के डाक्टरों के दावों से घिर गया। वहाँ से नज़र हटी तो मशहूर चाट की दुकानों से होती हुई की-रिंग, छोले, तरह-तरह के मोजों के बीच से टर्न लेती हुई उस ऑटो स्टैंड पर टिकी, जहाँ वह आई तो सही समय पर लेकिन दुपट्टे का नक़ाब उतारना भूल गई। उस वक़्त ऑटो से ऐसी कई नक़ाबपोश लड़कियाँ उतरी थीं। बाइक सवारों की पिछली सीट पर भी ऐसी ही लड़कियाँ गुज़री थीं। शिखर और राजश्री गुटखा की लड़ियों से बचते हुए आनन्द विहार की आवाजाही में उसकी चिल्लाहट खो गई। सब कानों में ईयर पीस ठूँसे सीढ़ियाँ चढ़े जा रहे थे। यहाँ सब एक दूसरे से पराए हैं। बुदबुदाते हुए जब उसने मोबाइल का कॉल बटन दबाया तो एक जैसे कई रिंग टोन बजने लगे। एक जैसे दुपट्टे, कॉलर ट्यून और ईयर पीस के दौर में हमारा इश्क़ भी आनंद विहार जैसा है। अराजक चौराहा!

तुम फ़्लाइओवर की तरह सपने दिखाती हो। पता ही नहीं चलता कि ढलान से उतरते ही सपने जाम में फँस जाएँगे। मेडिकल फ़्लाइओवर की तरह हवा में उड़ने के सपने धौलाकुआँ की तरफ़ उतरते ही काफ़ूर हो जाते हैं।

ठीक है, लेकिन साउथ एक्स का जाम कम-से-कम सड़क किनारे मार्किट के चमकते होर्डिंग में सपने जैसा तो लगता है न!

तुम हमेशा सरोजिनी नगर के पीले क्वार्टर की तरह उदास क्यों हो जाते हो?

क्योंकि तुम अक्सर सेलेक्ट सिटी मॉल की तरह झूठी लगती हो।

हा-हाऽऽ ये रहा बारापुला और वह रहा हुमायूँ का मक़बरा। कहो तो डिफेंस कालोनी की तरफ़ उतर जाएँ...

मालूम नहीं!

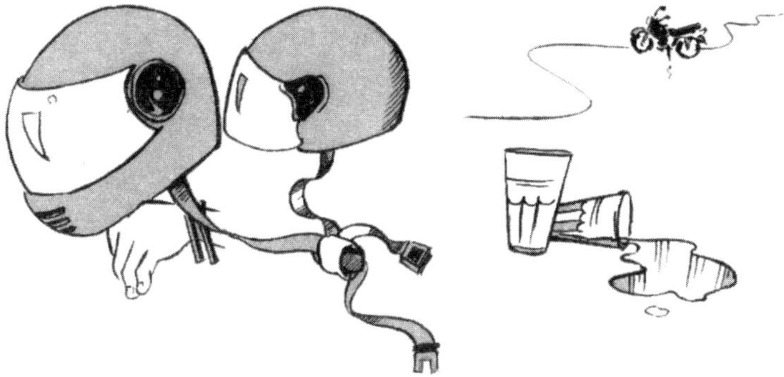

कोई भी सड़क पूरी तरह सुनसान नहीं होती। जब भी उसके ख़ाली होने का अहसास होता है, कोई न कोई, किसी न किसी कोने से सड़क पर आ जाता है। प्रिंस अनवर शाह रोड पर ऐसे ही अचानक से एक पल्सर बाइक निकल आई थी। ऊँची सीट पर बैठी तो थी मगर वह लदी हुई लग रही थी। हेल्मेट से हेल्मेट टकरा रहे थे। चाय की दुकान पर पल्सर के रुकते ही पल्स रेट तेज़ हो गए।

यहाँ तो कोई नहीं होगा न?

उसने सलीके से उसकी हेल्मेट का स्ट्रैप खोला ही था कि कोई सामने आ गया। जैसे कुछ हुआ ही नहीं, जैसे किसी ने देखा ही नहीं, बस वह फिर उसी सीट पर जा बैठी। अन्दाज़ कुछ ऐसा था कि यश चोपड़ा की नायिका भी वैसे न बैठ पाए। लड़के ने भी देखनेवाले को अनदेखा कर दिया। रुकी हुई बाइक पर बतियाते हुए टिक गए दोनों। इश्क़ में सिर्फ़ देखना ही नहीं होता, अनदेखा भी करना होता है।

खेपा रे केनो खूंजिश मोनेर मानुष—गाने की आवाज़ किसी खिड़की से आ रही थी; मतलब—रे पागल, आदमी का मन क्यों खोजता है...

मेट्रो ने अचानक उनकी गली को बदल दिया। अनजाने लोग आने–जाने लगे। दोनों ने दस बाई दस के कमरे के ख़्वाब को दुकान में बदल दिया। ख़ुद महफ़ूज़ जगह की तलाश में मेट्रो से दिल्ली घूमने लगे। वह लेडिज़ कूपे में बन्द हो गई और ये जेन्ट्स कूपे में। उनका सफ़र ऐसे बँट गया जैसे खाप आ गया हो। उसकी शिकायतें बढ़ने लगीं।

जब कहीं पहुँचकर उतरने के बाद ही मिलना हो तो फिर सफ़र का झंझट क्यों?

यही तो तुम नहीं समझती हो। कुछ तो हो जीवन में कि तुमसे मिलने की बेक़रारी बढ़ती जाए। भोजला पहाड़ी की ऊँचाई से भी चितली कबर के चौराहे की भीड़ में तुमको पहचानने लगा था। बात सफ़र की नहीं है, बात अनजाने रास्तों पर सफ़र की है। इश्क़ में अजनबी न रहे तो इश्क़ नहीं रहता...

इलेक्ट्रॉनिक मीटर। जैसे उसकी ईमानदारी का सर्टिफिकेट। काले कपड़ों में लिपटे कोक के बोतल से पानी गटकता हुआ बोले जा रहा था— मेहनत की ही नहीं, ईमानदारी की भी कमाई है। मीटर से चलता हूँ। ईमानदारी में कमती कैसे क़र दूँ। देखो बात अगर लोधी गार्डन पहुँचने की है तो ये जो पर्दा है न, फ़्री में गिरा लो। मेरे ऑटो में बैक मिरर नहीं है। पीछे खड़ी वह शरमा भी रही थी और ग़ुस्सा भी रही थी। ऑटोवाला बोलता जा रहा था। मेरे ऑटो में फलाने चलते थे। उनके तो अब बच्चे हैं। आप फलाने को जानते हैं। वह भी मेरे आटो में लोधी गार्डन जाते थे। उनका भी घर बस गया। एक दिन तुम भी लोधी गार्डन आना बन्द कर दोगे। उनकी तरह। पता नहीं क्यों शादी के बाद ऑटो में चलना छोड़ देते हैं। लोधी गार्डन भी नहीं आते। चलोगे या जाऊँ किसी और सवारी की तलाश में?

मार्च के महीने में हवाएँ गरम होने लगी थीं। दोनों की ज़िद कि ऑटोवाला दोनों तरफ़ का पर्दा गिरा दे। ऑटो के शोर में भी भीतर ग़ज़ब की ख़ामोशी छा गई। चालक की एक आँख बैक मिरर पर टिक गई। दोनों बैक मिरर से बचने के लिए एक दूसरे में छिपने लगे। चालक ने मीटर का हिसाब छोड़ दिया। ऑटो तेज़ी से शंकर रोड की तरफ़ दौड़ने लगा...

मेट्रो ने मालवीय नगर को मॉडल टाउन से जोड़ दिया है। घंटे-भर में दनदनाती हुई ट्रेन ने दोनों की दूरी काफ़ी कम कर दी है। वक़्त तो बच गया मगर कहने को कुछ बचा ही नहीं। वे तमाम योजनाएँ जो दोनों ने बनाई थीं, अब आउटसोर्स होने लगी हैं। साथ-साथ कुछ सोचने और करने का फ़न कम होता जा रहा था।

यार तुम बस से आया करो न...

क्यों? मेट्रो में क्या प्रोब्लम है?

कम-से-कम फ़ोन कर पूछने का मौक़ा तो मिलेगा कि कहाँ हो, कब आओगे। इश्क़ में हम बेरोज़गार हो गए हैं। चलना न फिरना। कब तक मेट्रो से उतर कर हम मॉल के खम्भों से चुपचाप चिपके रहेंगे? इस मेट्रो को कह दो कि जाए यहाँ से...

दिल्ली की बसें कितनी बदल गई हैं न!
हाँ, लेलैंड से मार्कोपोलो हो गई हैं। चलती कम हैं भटकाती ज़्यादा हैं।
तुम हमेशा इतने निगेटिव कैसे हो जाते हो?
अरे नहीं, इस शहर में यही तो पोज़िटिव है।
क्या?
मार्कोपोलो। ये बस न होती तो तुम कहाँ भटकती, हम कहाँ मिलते। सरोजिनी नगर में सीसीटीवी कैमरे लगे हैं। लाजपत नगर का यही हाल है। शहर का हर उजाला कैमरे में क़ैद है। मार्कोपोलो का भटकना हमारे लिए अच्छा है दोस्त।
बस का नाम लेते हो और मेरा नाम क्यों नहीं समर...
हम बस में हैं...और कोई सुन लेगा।

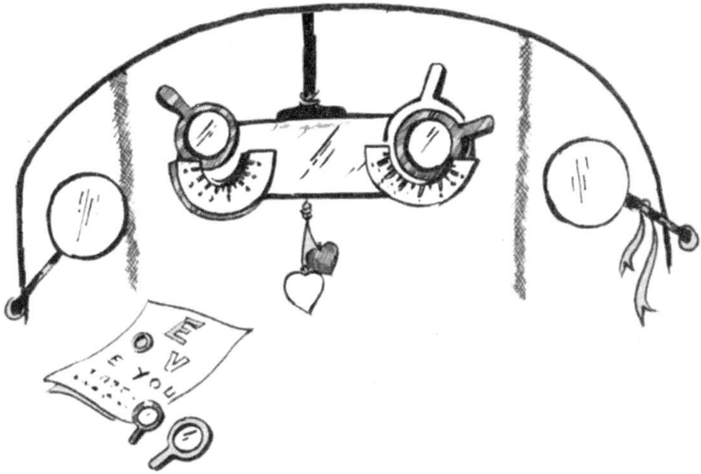

आॅटो शोर नहीं करता तो भीतर का एकान्त महफ़ूज़ न होता। स्पर्श से संवाद का अँधेरा कमरा न बनता और ड्राइवर ज़माने को कोसता हुआ बैक मिरर में देखता ऑटो न चलाता। ऐसा कम होता है जब दोनों एक जैसा सोचने लगते। बोल उठा, समझ नहीं आता छूना मना है या ऑटो अंकल का पीछे देखना।

बात मना होने की नहीं, मानने की है, वह बोली, ये देखो एक तरफ़ से करिश्मा आंटी और तुम्हारी तरफ़ मदर ऐश्वर्या। जाने किसे देख रहे हैं। हम सब तरफ़ से देखे जा रहे हैं।

ऑटो अंकल इन्हें बातों में उलझते देख निराश हो गए। सीन के इन्तज़ार में सफ़र लम्बा कर दिया। रिज़ की तरफ़ मोड़ ले गए, शायद यहाँ की सड़क जोड़े को फिर से लिपटने का मौक़ा दे दे और उन्हें देखने का।

सेक्टर–18 मार्केट में मेट्रो की पटरी छतरी बन गई। मोटे खम्भे के पीछे वह देर तक खड़ी रही। बाइक को बारिश से बचाने के बहाने दोनों ख़ुद को ज़माने की नज़रों से बचा रहे थे। सामने खम्भे के पीछे से पार्किंगवाले की घूरती निगाह ने उनके अकेलेपन को तोड़ दिया। अब उन्हें ऊपर से गुज़रती मेट्रो का शोर सुनाई देने लगा। हॉर्न की आवाज़ से कान फटने लगे। मुश्किल से एक कोना ढूँढ़ा मगर निगाहों ने उसे चौराहा बना दिया।

रेडियो की आवाज़ आने लगी थी। उसकी कार धौलाकुआँ से मुड़ कर एम्स की तरफ़ दौड़ने लगी थी। लौटने के फ़ैसले का साहस नहीं जुटा सकी। न ही वह मोतीबाग से यू-टर्न लेकर उसके पीछे आया। एक दूसरे के आने और मनाने के इन्तज़ार में दोनों बहुत दूर चले गए। गाज़ीपुर पहुँचकर सामने गाज़ियाबाद था। शिवमूर्ति के बाद गुड़गाँव आ चुका था।

शहरों की प्रेम कहानियाँ ऐसी ही होती हैं। ट्रैफ़िक में शुरू होती हैं और ट्रैफ़िक में गुम हो जाती हैं।

लव एग्ज़ाम नोट्स घूमीफिरी, उफ़्फ़!

रात को पिछले दरवाज़े से निकलने का आदी था वह। आहट बचाकर चलनेवाला प्रेमी। बाहर जाकर इश्क़ पर फ़रमान जारी करवाता और अन्दर महबूब के क़दमों पे लेट जाता था। एक दिन उसके हाथों से महबूब का हाथ छूट गया। नाराज़ होकर बोली, हुज़ूर की ख़िदमत भी करते हो और ख़ातिरदारी से डरते हो। चलो मैं तुमको अपना बनाकर दुनिया को बता देती हूँ।

उसने अपनी आहटों को फिर छुपाने की कोशिश की। गुदगुदी से फटने लगा। बोल उठा, मोहब्बत का दस्तूर अजब है। क़ायल आपकी आँखों का हुआ और घायल आपकी आदतों से। कर दीजिए ऐलान।

सरकार बाहर आकर कहने लगीं, यह मेरी जानिब से आशिक़-ए-सरकार के ख़िताब से नवाज़ा जाता है।

बस नाटक के इस अन्त से कॉलेज में हंगामा हो गया। हंगामे के बहाने दोनों पर्दे के पीछे चले गए और लिपट गए। चूमने के लिए हंगामे से बेहतर वक़्त कोई नहीं होता...

देर रात तक कौन जागता होगा?
चाँद और परेशान।
और सोता कौन होगा?
...आसमान।
हा-हाऽऽ तुम दार्शनिक कब से हो गईं!
तभी से, जब तुम आशिक़ हो गए...

सुनो, मैं तुम्हें चाँद ला दूँगा। तुम उसे सिरहाने रख लेना और रातों को जागकर मॉल रोड पर गुमशुदा चाँद के निशान ढूँढ़ना। मैं मंगल की तरफ़ जाता तुम्हें निहारता रहूँगा। कब तक हम नेहरू पार्क और कनाट प्लेस का सपना देखते रहेंगे। तुम कुछ कहती क्यों नहीं...

क्या कहूँ, इश्क़ में तुम साइंटिस्ट-सी बातें करने लगे हो। तुम चाँद के चक्कर में केमिकल रिएक्शन के शिकार हो रहे हो। डीटीसी की एसी बस में बैठकर स्कोडा कार देखकर आहें भरने का यह मतलब नहीं कि तुम मेरी आँखों में चाँद नहीं देख सकते। इश्क़ को फ़िज़िक्स क्यों बनाते हो!

चार क़दमों से दो लोग आगे बढ़ते जा रहे हैं। दो हाथ बँधे हैं और दो खुले। पाँव के नीचे की सड़क चल रही है और सर से आसमान गुज़र रहा है। हिन्दू कालेज की दीवारों के साथ गिरे पड़े पत्तों पर फ्रूटी के टेट्रा पैक फेंकने की धप्प आवाज़ से नींद टूट गई थी। हम दीवारों के साए में क्यों चल रहे हैं, समर। इस तरफ़ से क्यों नहीं जिस तरफ़ खुली सड़क है।

ऐसा होता नहीं है मेरी दोस्त। इश्क़ में जिस तरफ़ से भी चलो, तुम दीवारों के साए से घिर ही जाओगी। ये जो आसमान है जिससे तुम्हें लगता है कि एक खुला-सा साया है, दरअसल पहरा है।

तो समर, मैं तुम्हारी निगाह में हूँ या क़ायनात की?

ऐसा नहीं है...मेरी निगाह में तो हो तुम, लेकिन दीवारों की निगाह से बचके नहीं।

कम-से-कम तुम मेरा नाम लेकर तो बुला सकते थे...या कोई सुन भी रहा है...

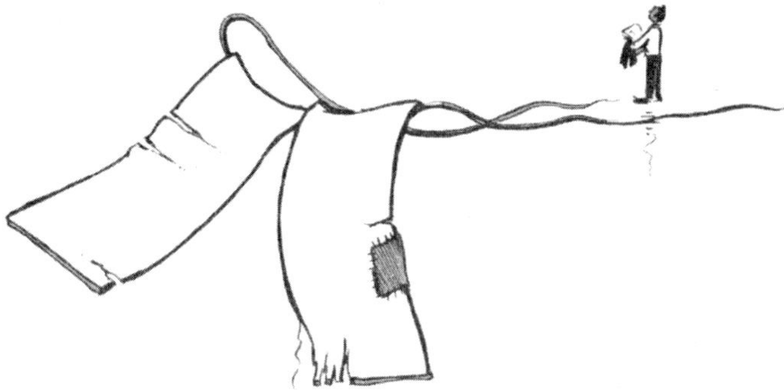

कोई और होता तो वह नई सड़क जाकर चैम्पियन गाइड न लाता। इस बार तय कर लिया कि बता देगा कि दुग्गी के सहारे वकील बनने का सपना तीस हज़ारी से आगे नहीं जानेवाला। वह जानती थी मगर उसने कभी नहीं बताया कि तुम्हारे तकिए के नीचे पड़ी दुग्गी (गाइड) से यह भ्रम टूट गया है कि लॉ फैक् के बाद तुम हरीश धवन या जेठमलानी बननेवाले हो। तीस हज़ारी के सपने आनन्द पर्वत के किराये के मकान में क़ैद हो कर रह जाएँगे।

कुछ तो था दिल्ली हाट में। दोनों प्रेमी की तरह खो जाया करते। ऐसा क्यों होता था कि मॉल रोड से हिन्दू कॉलेज तक आते-आते भाई-बहन की तरह चलने लगते? जान-पहचान की जगह से अनजान जगहों में जाना ही इश्क़ में शहर होना है।

अक्सर कहती थी—फ्रांस में लोग सड़कों पर ही एक दूसरे को आलिंगन में भर लेते हैं। काफ़ी थक जाते होगे तुम भी। चलते-चलते...

क्या प्यार सलीब होता है? अपने चाहनेवालों को कैसे चुनते हो? '7 ख़ून माफ़' के गाने से वह भागने लगी। मैत्रेयी कॉलेज से निकल नज़फ़गढ़ की बजाय एम्स की तरफ़ दौड़ने लगी। 360 गाँवों से घिरी दिल्ली के खापों से बचना मुश्किल था। अपनी बेचैनियों को लेकर एम्स के घुमावदार फ़्लाइओवरों में छर्रे की तरह नाचने लगी। धौलाकुआँ पहले ही ख़तरनाक हो चुका है...

पैदल चलनेवाले जोड़े अक्सर कार में बैठे जोड़े से जला करते। खालसा कॉलेज से निकलती कारों की ढिन-चिकवा म्यूज़िक और सामने की सीट पर बैठी बाला। माल रोड तक चलते-चलते वह अमीरी के साइड इफ़ेक्ट पर थीसिस रच देता। आर्थिक विषमता प्रेम के मायने बदल देती है। ग़रीबी रेखा से नीचेवालों का प्यार खालसा से निकलती कारवाले क्या जानेंगे! कमलानगर जाकर चाचा के यहाँ आइसक्रीम खा लेना ही इश्क़ का इम्तहान नहीं है।

गोला देने गया होगा...
दोस्तों की खीझ को छोड़ वह रोज़ चार बजे पी.जी. वूमेन्स हॉस्टल की तरफ़ चल देता। हॉस्टल के बाहर जीवन, ज़मीन और जानम के विमर्श में मार्क्सवाद ठेलता रहता। कभी ख़ुद को गंगा पार का ज़मींदार बताता तो कभी ग़रीब। दिल्ली की लड़कियों में सुनने का धीरज न होता तो बिहार-यूपी से आए प्रवासी बाँकुरे गोलाबाज़ न हो पाते!

पाँच बजते ही वह हर बार यही कहती—बहुत कंफ़्यूज़िंग है...बट इंटरेस्टिंग है!

वह ख़ुश हो कर लौट आता।

अच्छा है न, मल्टीप्लेक्स ने मार्निंग शो का मतलब बदल दिया।

वर्ना तो आना और निकलना ही मुश्किल था। देखो अब मैं तुम्हारा हाथ पकड़ सकता हूँ। अक्षय कुमार को जी–भर कूदने दो। इस वक़्त हॉल में हमीं हैं। हमारे जैसे कुछ और जोड़े। बस। ख़ाली कुर्सियों का शुक्रिया!

तुम हमेशा अँधेरे में मुझे क्यों खोजते हो?

इस एक सवाल ने सिनेमा हॉल को थाने में बदल दिया। वह कॉफ़ी लाने चला गया।

माइनस मुद्रिका में पीछे की, किनारेवाली सीट मिल गई। उसने उसके कन्धे पर सर टिका दिया। कब नींद आ गई और कब सराय काले ख़ाँ, आश्रम, धौलाकुआँ, और वज़ीराबाद होते हुए जुबली हॉस्टल आ गया, पता ही नहीं चला। वह खोई रही या सोई रही, यह भी जान नहीं सका। वह तो बस उसकी तरफ़ आती हर निगाह से टकराने में भिड़ा रहा। उतरते वक़्त उसने ठीक कहा—तुम मेरी कम, दुनिया की फ़िक्र ज़्यादा करते हो। कम-से-कम बैग के नीचे मेरा हाथ तो थामे रह सकते थे। बुज़दिल!

उस रोज़ के बाद वह अक्सर मुखर्जीनगर में भटकती दिख जाती। उससे नोट्स हड़पने के बाद उसने अपना फ़्लैट बदल लिया था। वह आदत से मजबूर हो चुकी थी। मुखर्जीनगर का हर कमरा अँधेरा लगता जिसमें वह अपने प्रेम के उजाले से झाँका करती।

लेकिन वह अब हक़ीक़तनगर के एक कमरे में उसके ही लिखे नोट्स को रट रहा था। तय कर लिया था। पीटी के टाइम में प्रेमी नहीं होना है। दीवार पर हसीना की तस्वीर नहीं थी। टाइम टेबल था। उसके बाप का सपना था...

दोस्तों को बताया कि जस्ट फ्रेंडशिप है। वैसी नहीं है वह। मिलते ही सफ़ाई देने लगता। हम दोनों आर्ट्स फ़ैक गए थे। हेड से मिलने। सेंट्रल लाइब्रेरी में साथ-साथ किताबों को ढूँढ़ना और उसकी छत पर जाकर चाय पीना। दिल्ली यूनिवर्सिटी में चाय की इससे अच्छी जगह नहीं थी।

कुछ रिश्ते ऐसे ही होते हैं, नई-नई जगहें उभर आती हैं। नए-नए बहाने बनने लगते हैं। वह जानती थी। यह वैसा नहीं है। पर इसे ही नहीं मालूम था कि वह वैसा ही है।

खिड़की के पीछे रखी चाबी से ताला खोल वह अन्दर आ गई। किसी जासूस निगाह से कमरे को देखने लगी। उसके बक्से में वो तमाम ख़त मिले। जो आदमी इतने सम्बन्धों में एक भी नहीं सँभाल पाया वह उनके ख़तों को क्यों सहेजे हुए है! इसी उधेड़बुन में उसने एक ख़त लिखकर बक्से को बन्द कर दिया।

मैं जा रही हूँ। हो सके तो मेरे ख़त को भी सँभालकर रखना। तुम्हें पता होगा—पहले की तमाम प्रेमिकाएँ मुझसे बेहतर लिखती हैं। मैंने जान-बूझकर कमतर लिखा है।

देखो, आश्रम जाम की क़सम। बारिश से बचने के लिए जिस फ़ुटब्रिज़ के नीचे तुम छुपे थे, उसकी क़सम। मूलचन्द अंडरपास के अँधेरे में पकड़ा था हाथ मेरा, उसकी क़सम, दिल्ली हाट में मेरे चम्मच से तुमने खाई थी आइसक्रीम, धौलाकुआँ के चाइना बॉल में कन्फ़्यूशियस की बातों में हम कितना खो गए थे, कॉलेज से मॉल रोड पर आते ही लगता था कि दिल्ली का आँगन खुल गया है। बस एक ही गुज़ारिश है—हमारे प्यार से इस शहर को कभी जुदा मत करना।

कुछ तेरा-सा
कुछ मेरा-सा

लाजपतनगर की मोमोवाली पर उसका दिल आ गया। नार्थ ईस्ट के सतबहनी मुल्कों को उसने नक़्शे में ही देखा था। रोज़ शाम को चक्कर काटना उसकी आदतों में शुमार हो गया। वह चुपचाप फुल प्लेट मोमो में एक पीस ज़्यादा देने लगी। हल्की मुस्कुराहट के बाद रोज़ बोल कर जाता कि बहुत अच्छा है। शाहरुख़ की 'दिल से' देखने के बाद उसे लगने लगा कि इस एक पीस अतिरिक्त मोमो से प्रेम का नया रास्ता खुल रहा है।

खाना और पैसे देना। लाजपतनगर की आंटियों को कभी फ़र्क़ ही नहीं पड़ा कि नार्थ इंडिया वाला नार्थ ईस्ट की लड़की के खोमचे के पास रोज़ चार बजे क्यों खड़ा रहता है।

संस्कृतियों का मिलन मार्केट प्लेस में ही हो सकता है। बस एक ही ग़लती हो गई। उसने मोमो के बदले एक दिन घर से आया ठेकुआ दे दिया। वह मोमो खाने के शौक़ की आख़िरी शाम हो गई...

आजकल तुम हिस्ट्री चैनल हो गए हो।
हिस्ट्री चैनल? क्या बात करती हो।
और नहीं तो क्या। तुम्हारी बातें, तुम्हारे स्टेटस और तुम्हारी ये जगहें। यह भी कोई आने की जगह है! विशाल हुमायूँ के मक़बरे के नीचे। क़िले, खंडहरों और मक़बरों में आशिक़ी जवान होने से पहले ही दीवारों की ख़्वाहिशें पालने लगती है। हम असहाय नहीं लगते यहाँ?
तो कहाँ जाएँ इस शहर में! यहाँ अब कोई और क्यों नहीं दिखता? सभी पेड़ों की छाँह ख़ाली-ख़ाली सी लगती है न, जानेमन?
इसीलिए मैं बताती हूँ। कभी-कभी एम टीवी की तरह शहर और सिनेमा के वर्तमान में जीना चाहिए। सलेक्ट सिटी मॉल चलते हैं। तीसरे फ़्लोर का वह आख़िरी खम्भा, जहाँ खड़े जोड़े को देख हम लौट आए थे। दीवारों पर अपना नाम लिखना ज़रूरी है क्या? कल उनका तो आज अपना।

वह राजकुमार घोड़े की पीठ पर बैठा राजपथ पर चला जा रहा था। घोड़े की टाप की आवाज़ उठती हुई रायसीना हिल्स की तरफ़ बढ़ने लगी। धनतेरस में स्टील का टिफ़िन बॉक्स ख़रीद कर उसने मालवीयनगर की महबूबा को बता दिया था कि आज के दौर में मुमताजों को यही नसीब है। आसमान में निकला चाँद चीन में बने अपने डुप्लीकेट से लोहा ले रहा था। ज़मीन पर घोड़े की टाप से उड़ती धूल से उसकी आँखों की तकलीफ़ बढ़ती जा रही थी। अपने लम्बे बालों को खोल उसने हवा को रोकने की कोशिश तो की मगर कानों के ऊपर से सरकती हुई उँगलियों ने मदहोश कर दिया। राजकुमार बोला—जब कुछ भी नहीं बचेगा तो इस टिफ़िन बॉक्स में हम मोहब्बत की दो रोटियाँ रखा करेंगे...

मालवीयनगर की महबूबा जब से फार्मूला वन देखकर आई है, राजा गार्डन के राजकुमार को भाव ही नहीं दे रही। हिन्दी मीडियम के राजकुमारों की यही त्रासदी होती है। वे इंग्लिश मीडियम की गर्ल फ्रेंड के साथ कभी सहज नहीं हो पाते। राजा गार्डन का राजकुमार वहाँ बिखरे बर्गर के पत्तलों को देख चीख़ रहा था। सचिन को गार्ड कारों को बेकार बताने लगा। देश के किसानों को याद करता हुआ, अपने घोड़े की रफ़्तार को पर्यावरण के लिहाज़ से सर्वोत्तम बताने लगा। मालवीयनगर की महबूबा इसे कल्चरल डिफ़रेंस बताकर मुँह फेर बैठी।

राजा गार्डन का राजकुमार घबराहट में लोहिया की किताबें पढ़ने लगा। मालवीयनगर की महबूबा वेटल और शूमाकर के ख़ुमार में खो गई। गहरी साँस छोड़कर कहने लगी, इंडिया हैज अराइव्ड। राजा गार्डन हैज नॉट। वी कांट मीट। आई लव ग्रां प्री नोएडा।

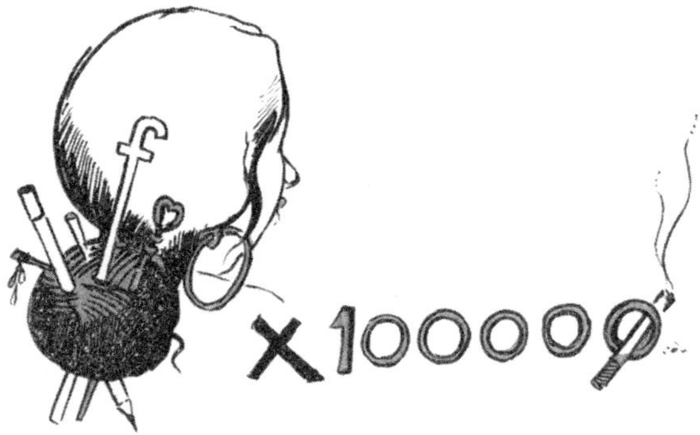

कत्थई रंग की बिन्दी और चौड़े गोल्डन पार की ब्लैक साड़ी में तुम टाइप्ड लगने लगी हो। जूड़े को आर-पार करती एक पेंसिल और सिगरेट का धुआँ, लगता है कि तुम नहीं कोई और है।

तो, मुझे अच्छा लगता है ऐसे सजना।

मैंने ये कब कहा? बस, जब भी इंडिया इंटरनेशनल सेंटर में तुमको ऐसे देखता हूँ, लगता है कि तुम दिल्ली हाट से निकलकर यहाँ पहुँची हो।

उफ़्फ़, बेकार में तुम सुधीर मिश्रा की 'हज़ारों ख़्वाहिशें' *ऐसी* टाइप कमेंट कर रहे हो।

पता नहीं, ऐसे लिबासों में भर दिए गए लोग मुझे बनावटी लगने लगे हैं।

बन्द करो बकवास। फ़ेसबुक पर स्टेटस लिखकर तुम जो चेतना फैलाने निकले हो वह भी किसी की नक़ल है।

कौन है ओरिजनल यहाँ। यह जो मेरे तुम्हारे बीच प्रेम है, वह न जाने इससे पहले कितने लाखों के बीच घट चुका है...

जीबनानन्द दास के बंगाल से कब का आगे जा चुका है बंगाल। पूजा पंडाल के बाहर बिरयानी, डोमिनोज़, मटन चॉप और फुचका की ख़ुशियाँ बची हुई हैं तो इसलिए कि सबने ख़ुद को बिलबोर्ड की तरह सजा लिया है। ख़ूबसूरत लड़कियाँ और बेस भालो छेले। उत्सव की सामूहिकता में ढाकी किनारे क्यों दिखता है? ख़ुद को ऋषिदास कहनेवाले—इन्हें पता है कि ये अनुसूचित जाति के हैं, मगर यह नहीं मालूम कि आरक्षण ज़िन्दगी बदल सकता है।

अरे, छोड़ यार! तुम कहाँ से सवालों के चश्मे से उत्सव को देखने लगे। देखो मैं कैसी लग रही हूँ?

हाँ, तुम चाँद से भी ख़ूबसूरत और बंगाल से भी सुन्दर।

मज़ाक मत उड़ाओ मेरा। यह क्यों नहीं दिखता कि सबके बावजूद बाऊल की धुन बची रह गई है और बचा रह गया है रबीन्द्र संगीत। वर्ना तुम मुझे कैसे मिलते, गर मैं पूजो में डांस नहीं कर रही होती और तुम सामने बैठे मुझे देख नहीं रहे होते। *होलूद चापार फूल..एने दे एने दे...*

सी–फिश की तलब दोनों को आईएनए मार्केट ले गई। पल्सर बाइक कोने में लगाकर हेल्मेट बग़ल में दाबे बाज़ार में घुसे। मछलीवाला समझ गया। कूकरी बुक पढ़कर कोई आया है। यही बात अखर गई। जान–बूझकर अंग्रेज़ी बोलने लगी और वह हेल्मेट नीचे रखकर मछली की गर्दन पलटने लगा। अपनी गर्दन घुमाई तो मार्केट में मेम साहबों की टोली झमाझम चली आ रही थी। ओ, तभी तुम इंग्लिश बोलने लगी। औकात की हर लड़ाई का हथियार अंग्रेज़ी थोड़े न है! चिल...डियर!

एक बात कहूँ। तुम्हारी बाइक से ज़ोरबाग़ से गुज़रती हूँ तो लगता है कि हमारे सपनों के बीज यहीं कहीं बिखरे पड़े हैं जो बाद में बड़े होकर मकान में तब्दील हो जाएँगे। सामने लोधी गार्डन। थोड़ी दूर पर ख़ान मार्केट...
देखो, अपने राजौरी गार्डन में क्या कमी है!
नहीं रहनेवाली तुम्हारे साथ दिल्ली के बुलन्दशहर में। डोंट फोरगेट ये सपना तुमने दिखाया था। डार्लिंग हमारा भी ऐसा घर होगा...
ऐं..ऐं...
कुछ तो ड्रीम कर यारऽऽ...

सुनो, क्या तुम साउथ दिल्ली में मकान नहीं ले सकते?
क्यों?
एम. ब्लॉक मार्केट कितना हैपनिंग लगता है।
नहीं!
व्हॉट नहीं यार! बहुत निगेटिव हो गए हो। सारे फ्रेंड्स साउथ दिल्ली में हैं। और हम हैं कि राजौरी गार्डन में बसने जा रहे हैं।
तो क्या हुआ? प्यार और प्लेस का रिलेशन नहीं होता।
होता है। साउथ दिल्ली अपना-सा लगता है। जैसा मुझे बनना है वैसा लगता है।
काश इस देश में एक ही दिशा होती—दक्षिण!

व्हॉअट ए नाइस पोएम—*सबसे ख़तरनाक होता है, हमारे सपनों का मर जाना...* फ्रेंड्स कालोनी के पेबल स्ट्रीट में बीयर पीते वक़्त उसने यह सवाल उछाल दिया— हिन्दी पोएट्री पोपुलर क्यों नहीं है? विक्रम सेठ और चेतन भगत की ख़ूबी बखानने लगी। तुम इंग्लिश में क्यों नहीं लिखते?

आती है पर उतनी नहीं।

कम ऑन। यू कैन राइट। अगर तुमने पाश वाली लाइन इंग्लिश में लिखी होती तो बुकर मिल जाता।

उसने कोसा तो नहीं था मगर वह अपने आप को कोसने लगा।

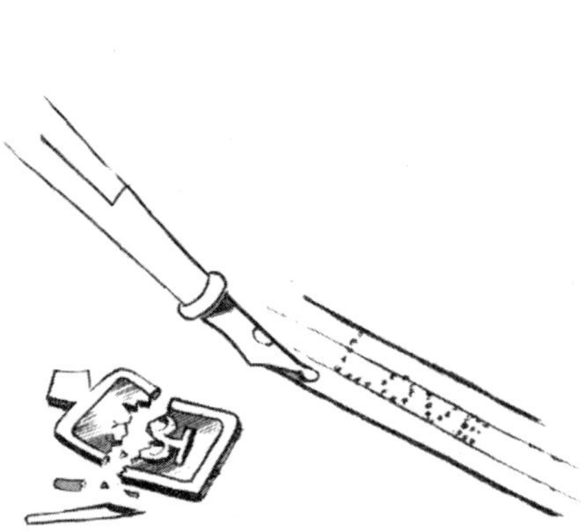

केरल से दक्षिणी दिल्ली के सराय जुलैना—जाटों के गाँव में एस्कॉर्ट्स, होली फैमिली और अपोलो में काम करनेवाली नर्सों की नगरी बस गई।

किराए के कमरे के साथ-साथ उसके सपने बदलते रहे। दिल के मरीज़ों का ख़्याल करते-करते उसका दिल उस पुराने मकान मालिक के बेटे में अटका रहा। सराय जुलैना से वह इतना प्यार करने लगी कि एक ढाबा ही खोल लिया—मालाबार होटल।

इन्तज़ार का दूसरा रास्ता भी नहीं था।

इसी एक दिन उसे अपनी ख़ूबसूरती से मुक्ति मिल जाती। इस एक चेहरे ने उसे लाखों नज़रों का भगोड़ा बना दिया था। उसके चेहरे से तप कर उठती हथेलियाँ हाँफने लगतीं और वह गुलाल की तरह उड़ने लगती। ग्रेटर कैलाश में पैदा होना, चमड़ी का रंग ख़ास होना, सुन-सुन कर तंग आ चुकी थी। मेरे रंग और रूप से इतनी ही मोहब्बत है तो इसे कई रंगों के नीचे ढँक दो—उसकी बात सुन वह चुपचाप खड़ा रहा...

पंडारा रोड पर चाट खाने के बाद वह अक्सर ख़ान मार्केट में शावर्मा खाने की ज़िद करने लगती। चूड़ा-दही और भात-अचार खानेवाला उसके साथ साइड वॉक में बैठकर प्रॉन खाने लगा। डिफ़ेंस कॉलोनी के स्वागत रेस्तराँ में पहली बार उसने चेट्टीनाड चिकेन खाया तो दीवाना हो उठा। लेडीज सीट पर बैठने की झेंप से निबटने की ताक़त आ गई। अब वह अपने कन्धे को उसके सर के नीचे से नहीं हटाता था...

लिवाइस का ब्लू जीन्स और क्रोकोडाइल का व्हाइट टी शर्ट। साउथ एक्स से ख़रीद कर दोनों बहुत ख़ुश थे। पचासी फ़ुट की शिवमूर्ति के नीचे उसने मदर डेयरी के पैकेट को दाँत से काट दिया। वह शिवा पर दूध चढ़ाने लगी। उसके टैग के धूप-चश्मे में घूरता हुआ अघोरी दिख गया। ग़ुस्से में नारियल ऐसे फोड़ा कि वह हल्के से चीख़ उठी। उप्स...इग्नोर न! स्प्रिचुअल होने आए हैं, वायलेंट नहीं। शिवा विल टेक केयर ऑफ़ हिम।

मगध एक्सप्रेस, बोगी नम्बर एस-वन।
दिल्ली से पटना लौटते वक़्त उसके हाथों में बर्नार्ड शॉ देखकर वहाँ से कट लिया। लगा कि इंग्लिश झाड़ेगी। दूसरी बोगियों में घूम-घूमकर प्रेमचंद पढ़नेवाली ढूँढ़ने लगा। पटना से आते वक़्त तो कई लड़कियों के हाथ में गृहशोभा तक दिखा था। सोचते-सोचते बेचारा कर्नल रंजीत पढ़ने लगा।
लफुआ लोगों का लैंग्वेज प्रॉब्लम अलग होता है!

शहर में एक फ़्लाइओवर भी नहीं बना और तुमने ताँत की साड़ी अभी से छोड़ दी?

और तुम बाघ छाप कुर्ता अभी तक पहन रहे हो। कोलकाता की पीली टैक्सी की तरह। लोगों ने कब से बोलेरो और सूमो में घूमना शुरू कर दिया है।

हाँ जानता हूँ...कल मोनाली मिली थी, मानिकतला पंडाल में। ग़ज़ब ख़ूबसूरत!

अच्छा मुझे ताँत में लपेटा जा रहा है और मोनाली ग़ज़ब! चाहने और देखने का फ़र्क़ वहीं से पैदा होता है जहाँ तुम्हारे दिमाग़ में लड़कियों को देखने का बटन है। चले जाते न मोनाली के साथ!

ट्रैफ़िक जाम में फँसी कार और कार के भीतर दोनों का झगड़ा। तभी सड़क किनारे के पंडाल से कुछ लड़के नाचने लगते हैं... *जूली... जूली... जॉनी का दिल तुझपे आया जूली... तू ही तो मेरी जान है... जान है...*

येज़दी बाइक का जुनून कुछ ऐसा था कि पल्सर पर बैठते ही वह रति अग्निहोत्री की तरह उड़ने लगी और वह कमल हसन की तरह उड़ाने लगा। सपने में पुरानी फ़िल्मों का रेट्रो जादू चल गया। कमला नेहरू कालेज के बाहर की दुकानों पर घंटों खड़ा रहने लगा। वहाँ से निकलती लड़कियों ने 'एक दूजे के लिए' देखी ही नहीं थी। उनका वासु दुकानों पर उधार चलाने लगा। किसी के इन्तज़ार में क़र्ज़ में डूबता चला गया...

ख्वाप कहीं आसपास

यह नीले कोटवाला किताब को छाती से लगाए क्यों खड़ा है? इश्क़ के लाजवाब क्षणों में ऐसे सवालों में उलझ जाना उसकी फ़ितरत रही है। इसलिए वह चुप रहा। उसके बालों में उँगलियों को उलझाने लगा। बेचैन होती साँसें जातिविहीन समाज बनाने की अंबेडकर की बातों से गुज़रने लगीं—देखना यही किताब हमें हमेशा के लिए मिला देगी!

ये जो दो आँखें हैं उनसे कितना कुछ देख सकते हैं न!
हाँ, बहुत कुछ।
लक्ष्मणपुर बाथे में भी आँखों का एक जोड़ा सबकुछ देख रहा है।
कब से गिने जा रहा है कि कितनों ने देखकर फिर नहीं देखा।
उफ़्फ़, तुम्हारा मन भी न फ़ेसबुक का स्टेटस हो गया है।
मैं तुम्हारी आँखों से दिल्ली देखना चाहता हूँ और तुम हो कि...
हाँ, मैं हूँ कि चादर हटाकर गद्दे की कम्पनी का नाम पढ़ रही हूँ...

राजा गार्डन का राजकुमार ख़त लिखने लगा। मालवीयनगर की महबूबा के नाम नहीं, शहर कोतवाल को—हाकिम से दुहाई है कि शहर में मोहब्बत मुल्तवी कर दें।

रायसीना हिल्स के घुड़सवारों ने आशिक़ों की छवि ख़राब करने के लिए हर पेड़ के नीचे मोबिल ऑयल डाल दिया है। शाम को घर पहुँचनेवाले आशिक़ों की पहचान मोबिल से होने लगी। इस ख़बर के न्यूज़ चैनलों पर उड़ते ही आशिक़ों की दुनिया में तूफ़ान मच गया। वज़ीर अपनी चाल चल कर बरेली जा पहुँचा। वहाँ से बयान आया कि सभी अपना काम करें।

मालवीय नगर की महबूबा बिग बॉस के सेट से उठाकर अस्पताल में पटक दी गई थी। शहर कोतवाल के लिए आज का दिन अच्छा था। बिना मामला दर्ज किए, मजनुओं ने इक़रार कर लिया था। निभाने के लिए नहीं, तोड़ने के लिए...

जन्तर-मन्तर पर नारे लगाते हुए दोनों क़रीब होने लगे। लगा कि प्रेम को ज़िन्दगी का मक़सद मिल गया। अपने माँ-बाप के आतंक से त्रस्त दोनों झूमने लगे। तीन दिनों बाद जब उस भीड़ में अपने मिडिल क्लास माँ-बाप को देखा तो दोनों भाग लिये। वह अब अन्ना को गरियाने लगी। इंडिया गेट पर आइसक्रीम खाते ही कंट्री चेंज करने का फितूर जल्दी घर पहुँचने की रणनीति में बदल गया।

दोनों को मालूम था ख़ानदान के लोग नवरात्र को छोड़ बाकी कभी मन्दिरों की तरफ़ नहीं जाते। इसलिए वह रोज़ सुबह रोहिणी से छत्तरपुर आ जाती। वह गुड़गाँव से आ जाता। यहाँ की गुफाओं में चलते-चलते एक दूसरे के लिए मन्नतें माँगते दोनों अपनी चाहत को ख़्वामख़ाह भक्ति में बदलने लगे। अँधेरी गुफा के मोड़ पर वह ठहरने का नाटक करता, वह डरने का। स्पर्श उस आशीर्वाद की तरह होता जिसकी कामना में वे मन्दिरों में भटकते...

इंडिया गेट के पेड़ भी हरजाई हैं। छाँव के नीचे पीठ जलाते हैं।

44.1 डिग्री सेल्सियस तापमान है।

अब हमने कहाँ तय किया था कि मौसम के हिसाब से मोहब्बत का प्लान बदला करेंगे!

दुपट्टे के नीचे तुम्हारा सर तो महफ़ूज़ ही है, हमारा ही सर क़लम हो रहा है।

बंटा-ठंडा सब बेअसर। भाग चलो इंडिया गेट से। कल के अख़बार में हमारी ही तस्वीर छपेगी। देखो ढूँढ़ रहे हैं तपते युवक-युवतियों को, वह देखो टीवी वाला।

चलो आउट ऑफ़ फ़ोकस हो जाते हैं...

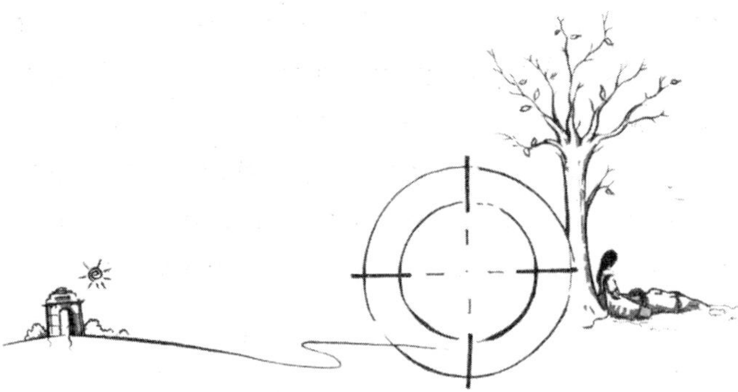

काश, ओबामा जैसा कोई मुखिया हमारे ज़िले में होता। सारे खापों को एक रात में ख़त्म कर देता।

हाँ, सोचकर तो यह ख़्वाब सुहाना लगता है। मगर याद रखना बन्दूक़ हाथ में आते ही ओबामा भी आतंकवादी जैसी ही बातें करता है। तब कहाँ तक भागोगी!

सुना है, रात के अँधेरे में भी वह देख लेता है?

चलो न, कल सुबह से डेमोक्रेसी के लिए कुछ करते हैं। आम और पीपल के नीचे कब तक छिपते रहेंगे हम? जामुन भी गिरता है तो लगता है किसी खाप की गोली लग रही है...

पहली बार दोनों अग्रवाल स्वीट्स में मिले। इसलिए वह उसे कभी डोडा तो कभी गुलाब जामुन बुलाने लगी। लाल रंग के इस बोर्ड को दोनों ने अपने इश्क़ का नेमप्लेट बना लिया। खाप वालों ने शहर के तमाम अग्रवाल स्वीट्स पर पहरा बिठा दिया। दोनों सुन्दर नगर के नत्थू स्वीट्स कार्नर में मिलने लगे। उसने उसे मिठाइयों के नाम से बुलाना छोड़ दिया। पूछने पर बस यही कहा, वह जगह अपनी थी। यह जगह अजनबी है। अब तुम्हारा नाम ही भरोसा है।

ऐ बेला, तुम तृणमूल की हो गई, पाब्लो की नहीं हुई...पाड़ा का प्यार पार्टियों की भेंट चढ़ गया। हम दोनों के बीच गुड़ का संदेश कुछ तो बाक़ी होगा! दक्खिनापन के इम्पोरियम से साड़ी का वादा उधार की तरह है मेरे पास। क्या हम लौटाने के लिए भी कभी न मिलेंगे? दीदी के डर से हम फ़ेसबुक पर चैट नहीं कर सकते, तुम बुर्के में मानिकतला तो आ सकती हो न! संत्रास बर्दाश्त नहीं होता बेला—तुम्हारा पाब्लो कोबि, पाब्लो...

स्मार्ट फ़ोन पर आधी रात पाब्लो का ईमेल आ गया। बेला थरथराने लगी। पागल है! कोबी तो हुआ नहीं, नेरूदा के नाम पर मरवा देगा। तृणमूल के वर्कर से दिल लगाता है और ईमेल भी करता है! रिप्लाई न आने पर पाब्लो ईमेल पर ईमेल भेज रहा था। बेला इनबाक्स से डिलिट करती, फिर डिलिट बाक्स से डिलिट करती। तभी साइबेर सेल से बिस्सास का फ़ोन आने लगा। बेला काँपने लगी। साल्ट लेक के पेड़ों पर चिड़ियों ने शोर मचा दी। बेला घर से निकल भागने लगी। स्मार्ट फ़ोन बजता रहा। पाब्लो का नाम फ़्लैश होने लगा।

तू पागल है पाब्लो। ईमेल क्यों भेजा?

तू भाग क्यों रही है बेला?

मैं स्मार्ट फ़ोन को साल्ट लेक में फेंकने जा रही हूँ। ईमेल पकड़ ली गई तो!

बेला...तुमी जानो न...ईमेल छोड़कर कोई नहीं भाग सकता। ईमेल से कोई नहीं भाग सकता।

तो पाब्लो तुई भाग न...

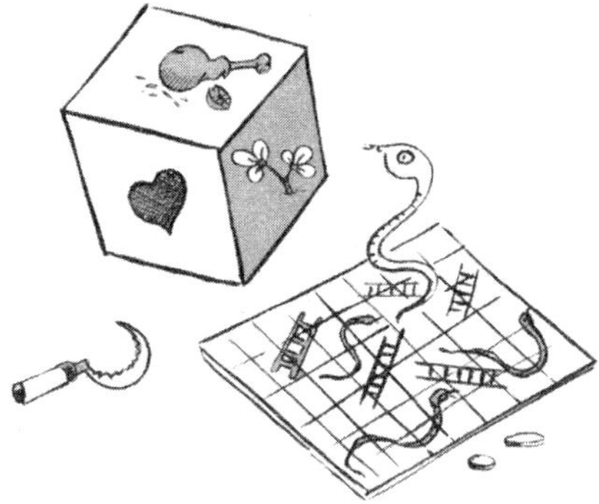

प्रियो पाब्लो, अमिनिया की बिरयानी की तरह तुम्हारी याद आती है। मैंने सियासत और इश्क़ के इम्तहान में सियासत चुन लिया है। बिरयानी की जब भी महक आती है, पाब्लो तू याद तो आता है मगर चौंतीस साल के बाम-संत्रास की याद में मैं दीदी-सी हो जाती हूँ। बदल की पोलिटिक्स, अदल-बदल से नहीं हो सकती। पाब्लो हमारा प्यार पंजाबी ढाबा के चिकन भर्ते की तरह हो गया है। तू याद तो आता है लेकिन साइबर सेल का बिस्सास साये की तरह पीछा करता है। हम पार्टी तो नहीं बदल सकते, प्यार भी नहीं बदल सकते? मुड़ी भाजा-सी हालत हो गई है मेरी। पाब्लो, तू प्यार चाहता है या पार्टी? मैं तुझसे नहीं, ख़ुद से पूछ रही हूँ। क्या चाहती हूँ? प्यार या पार्टी?

ज़ोर लगा के,
ज़िन्दगी!

बात तो पूरी हो गई थी, अधूरी रह जाने का बहाना था। पता है, रैलियों से उड़ती धूल से कभी आँधी का डर नहीं लगता।

सही कहती हो तुम। हम तो उस धूल के छँटते ही रामलीला मैदान में बिखरे पर्चों की तरह इधर से उधर होते रह जाएँगे।

तो अब हम कहाँ मिलेंगे? तुम बताओगे या मैं पता करूँ...

कर लो, लेकिन रामलीला जैसा कोई मैदान मिल जाए वही ठीक रहेगा।

क्यों? यार, ब्रेक में कुछ पोलिटिक्स जमती है अपने को।

मैं पूछती हूँ, हम प्रेम में हैं या पोलिटिक्स में?

कहीं नहीं हैं हम।

तो?

हम दिल्ली में हैं, सनम। कहीं मिलें, क्या फ़र्क़ पड़ता है!

हम एक साफ़ समय में रह रहे हैं। जो साफ़ होने से पहले ही साफ़ हो चुका है।

साफ़–साफ़ कहो न, क्या कहना चाहते हो...

दरअसल कहना कोई सफ़ाई नहीं कि साफ़–साफ़ कह दूँ।

तो कहना क्या है, यही बता दो।

कहा तो कि न कहना ही सफ़ाई है।

तो कहना क्या है जानू?

वह ये कि हम कचरा फैलाने को 'कहना' कहते हैं। इश्क़ में ख़ामोशी के दो पल भी साफ़ हो गए तो बचेगा क्या? सफ़ाई या कचरा...

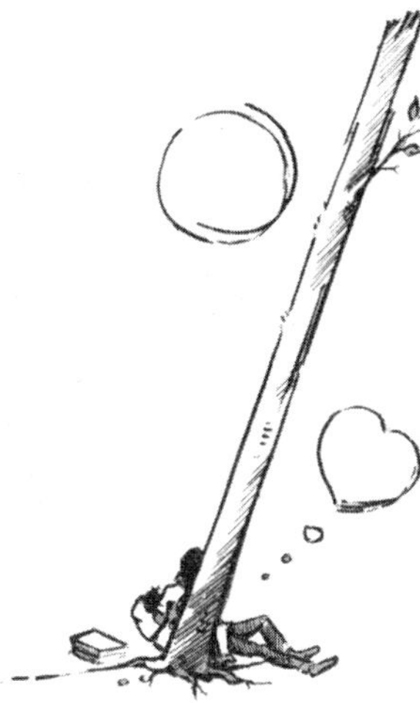

सौ फ़ीसदी सच। तुम्हारी क़सम।

पर सच तो सच होता है! छब्बीस या चौहत्तर फ़ीसदी क्या होता है? और ये तुम प्रतिशत में क्यों बात करते हो?

क्या हमारा प्यार सौ फ़ीसदी नहीं है?

पर जब से सच में विनिवेश की सीमा बढ़ाई गई है, मेरा प्यार मेरा नहीं रहा।

क्या?

हाँ। हम सब विनिवेशित हो चुके हैं।

सत्य अगर सौ फ़ीसदी नहीं है तो वह सत्य नहीं है। सत्य और प्यार सिर्फ़ तुम्हारे लिए नहीं है। सीमा और प्रगति के लिए भी है।

सुनो।

कहो।

तुम पागल हो गए हो। तुम फ़ेसबुक बन्द कर दो। हम बिना विनिवेश के ख़्वाब देख लेंगे।

लेकिन मैं तो जीने की बात कर रहा था...

पता है तुम दिन-भर में बीस प्रतिशत ख़ुश रहती हो और बारह प्रतिशत उदास। दस प्रतिशत तुम्हारा मूड नन आफ़ दि अबव रहता है। मुझे लेकर आठ प्रतिशत तो 'नोटा' रहता ही रहता है।

डार्लिंग तुम मुझे देख रहे हो या चैनल का सर्वे। ओ मेरे झेल सनम...या तो टीवी देख लो या फिर चाँद...

मिशेल, तुम तो जानती हो न इस जीत को! हमने तालियों का इन्तज़ाम किया है अपने इस एकान्त के लिए। क्यों न मैं तुम्हें बाँहों में भर लूँ और उसकी एक तस्वीर उन तालियों की गड़गड़ाहट में फेंक दूँ।
हाँ ओबामा, अवाम का मुस्तक़बिल कौन बदल पाया है, कम-से-कम अवाम ने हमारी तक़दीर बदल दी। पता नहीं हम कब ठीक थे, जब अवाम थे तब या अब जब हुक्मरान हो गए हैं हम।
हाँ मिशेल, तुम ठीक कहती हो। हमारी जीत का जश्न सिर्फ़ हमारा है। बाक़ी तो नाचने आए हैं। नाचने दो न उन्हें! एक तस्वीर की ही तो बात है। तुम मेरी बाँहों में और मैं तुम्हारी।
या-याऽ ओबामा, अमेरिका का लोकतंत्र सिर्फ़ एक अच्छी तस्वीर है जैसे तस्वीर हमारी-तुम्हारी।
हम्म, ये लप्रेक लिखनेवाला जानता तो नहीं है न!
क्या?
कि हमारा प्यार सिर्फ़ एक तस्वीर है...

सेक्टर फ़ोर मार्केट का चौराहा तमाम झूठे वादों के उतरने–चढ़ने का गवाह रहा है। हम भी एक दिन यहीं किसी होर्डिंग में टाँग दिए जाएँगे। वैशाली अपनी नगरवधू का इंतज़ार नहीं करती। आम्रपाली नाम की इमारत बनानेवाले ने प्रॉपर्टी के सौदे में ख़ूब बनाए। नगरवधू अपने शहर को कन्धे पे लादे उस वैशाली से इस वैशाली आ गई। वह अब कॉरपोरेशन के चुनाव में बब्बू सिंह की वधू बनकर वोट माँग रही है। और तुम क्या कर रहे हो?
मैं तो दर्ज कर रहा हूँ।
हमारे सपने?
नहीं, जर्जर वैशाली को।

सुनो, तुमने जेलचलो डॉट कॉम में रजिस्टर कर लिया क्या ? सुना था जब दादा जी गान्ही बाबा के कहने पर जेल में ठेला गए थे।

याऽ...मेरे भी डैड के फ्रेंड्स जेपी के साथ प्रिज़न गए थे। ओ रियली ! गॉड क़सम, नो याऽ...माई डैड वाज़ इन्दिरा भक्त। अक्चुअली ही लाइक्ड अमरजेंसी। ही वाज़ अगेंस्ट लालू फ्राम द बिगनिंग।

ओह, दैड वे।

बट दिस टाइम लेट्स गो टुगेदर। जेलचलो डॉट कॉम इज़ कूल न !

या–याऽ वैरी कूल।

देन माइ डूड चलो, चलते हैं जेल। अन्ना ने हमें डॉट कॉम पे चलना सिखाया, अब हम मुल्क ओ कॉम की ख़ातिर जेल चलेंगे।

सुनो...तुम साथ तो दोगी न...आइ मिन...डिच...

उफ़्फ़...कैसी बात करते हो...ऑफ़कोर्स जेल चलूँगी। वी आर टूगेदर फ़ार एवर...

पत्तों की ख़ामोशी से ये हवा भी डिबेट करती है न!
चुप रहो। दिमाग़ में तुम्हारे एंकरिंग का भूसा भर गया है। हवा भी डिबेट कर रही है!
हूँ! ग़ुस्सा क्यों करती हो! बात पूरी करने दो या मैं ब्रेक ले लूँ। ब्रेक में ही मेरे सवाल लक्स और लिरिल से नहाने चले जाते हैं और जब लौटते हैं तो डोरा बनियान पहनकर।
उफ़्फ़, यह एंकर आशिक़–आवारा हो गया है! सुनो, तुम टीवी नहीं छोड़ सकते?
नहीं, ये साँस की बीमारी है। यही छोड़कर जाएगी मुझे, मैं नहीं।
चुप, मनहूस!

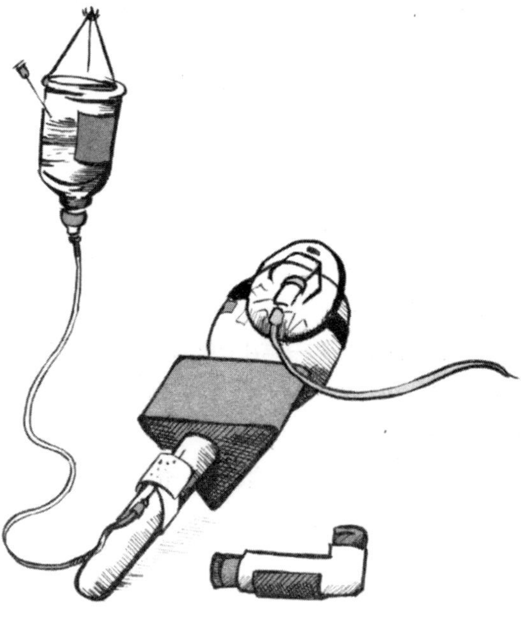

उलझा हुआ लगता है यह सितम्बर! अक्तूबर के आने की बेक़रारी या फिर अगस्त की बरसात से बिछड़ने का ग़म। हवा में अजीब-सी गुनगुनाहट थी या महँगाई या भ्रष्टाचार पर सरकार की बेबसी। मिलेनियम पार्क में पाम ट्री के नीचे बैठे दोनों घास ही नोचते रहे। ताली थपथपाकर वह आशीष देता रहा मगर फिर दोनों के चेहरे पर मुस्कुराहट नहीं आई। बादामवाला भी हाँक लगाकर चला गया। कूड़ा उठानेवाले बच्चे ने दोनों को ध्यान से देखा और सोचा, अजीब से प्रेमी हैं। बात भी नहीं करते और घास को भी नहीं छोड़ते। ऐसे ही प्रेमियों से यह बाग़ भरा रहा तो माली की नौकरी गई पानी में!

दोनों के होंठ चॉकोबार से चिपके हुए थे। आधे–आधे हिस्से को बाँटकर चाटते रहने का सुख आज भरी भीड़ में मिल रहा था तो इसकी वजह अन्ना थे। अनशन तोड़ने के ऐलान के साथ जब भीड़ छँटने लगी तो दोनों का एकान्त भी ख़त्म हो गया। काश अनशन एक हफ़्ता और खिंच जाता।

उदास मन से दोनों जब बाराखम्भा लौटे तो एक बार मुड़कर रामलीला को देखने लगे।

जीभर कर देख लो, इसी भीड़ के अँधेरे में हमने आन्दोलन के चन्द लम्हे गुज़ारे हैं। मैं तो इंडिया के लिए कुछ भी कर सकती हूँ, पर पता नहीं अब कब अनशन होगा...

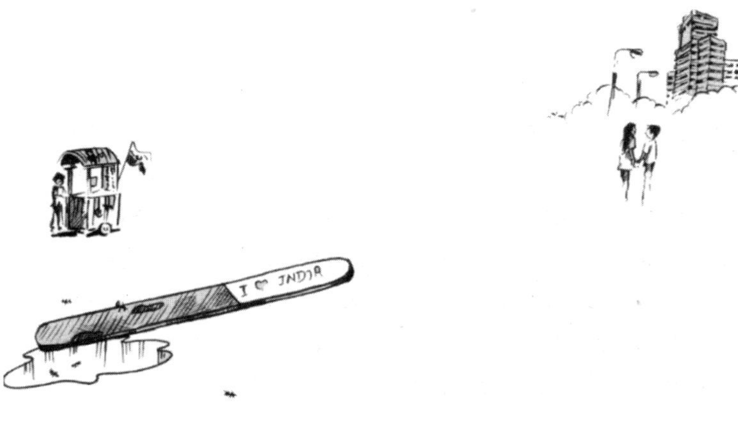

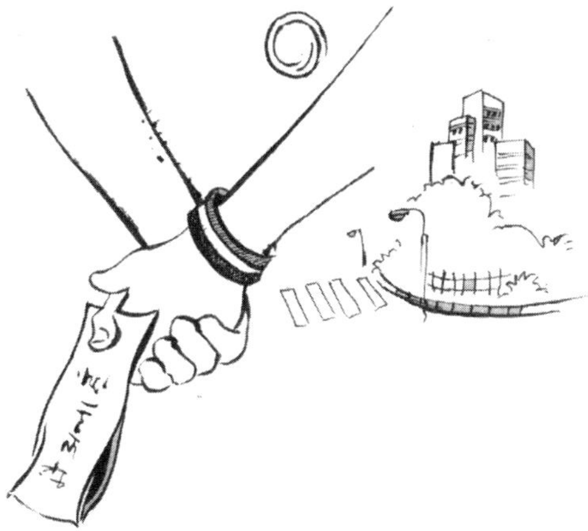

थकान की आँखें डूबते सूरज की तरह लाल होती हैं और पाँव लम्बे सफ़र से लौटने के बाद की तरह दुखते हुए। जमी-जमाई नौकरी ने घर-दफ़्तर के अलावा कोई रास्ता ही नहीं दिखाया। अन्ना को देखने ही सही, दोनों पहली बार रामलीला मैदान में चलते रहे। देर तक नारे लगाते रहे। दस सालों की नौकरी के बाद भीड़ से बचने के लिए ही सही, जब दोनों ने एक दूसरे का हाथ पकड़ा तो सबकुछ उस पहली बार जैसा लगा, जब दोनों इसी मौक़े के लिए देर तक सड़क पार करने से कतराते रहे। अचानक सामने आती तेज़ रफ़्तारवाली कार ने वह मौक़ा दे दिया था।

शान्ति पथ से गुज़रते हुए मालूम नहीं सब कुछ भव्य-सा क्यों लगने लगता है! मुनिरका से 620 नम्बर की बस तीनमूर्ति पहुँचने से पहले किसी यूरोपीय स्प्रिंग से गुज़रने लगती है। पीछे की विंडो सीट पर टकराते हमारे कन्धे किसी शायर के मिसरे से टकराने लगते हैं। काश, हम छू पाते कभी उन तमाम हल्के-हल्के स्पर्शों को। कंडक्टर की सीटी से बेख़बर तुम किस गाने की धुन में खो जाती हो? कौन होता है तुम्हारे साथ 'सिलसिला' के उस गाने में...

पता है, रात सपने में अन्ना–गांधी दोनों आ गए।

कम ऑन, यार! तुम बहुत पोलिटिकल हो गए हो। रिलैक्स। मैं क्यों नहीं आई अभी तक सपने में? कभी सीताराम का लेख तो कभी संदीप पांडे का। स्टॉप! देखो न, बोगेनविलिया की ख़ूबसूरती। जेएनयू की हवा बैंगनी लगती है।

615 से जनपथ चलें।

नहीं, मुझे जन्तर–मन्तर नहीं जाना।

प्रकाश वर्ष की रफ़्तार से दोनों के सपने तमाम ग्रहों के चक्कर काटने लगे। तमाम तरह की क्रान्तियों को बीच में ही छोड़कर प्यार करने की जगह की तलाश ने उन्हें बुर्जुआ तो बनाया ही, भगोड़ा भी बना दिया। मेट्रो स्टेशन का नाम कालकाजी मन्दिर कैसे हो सकता है, ऐसे सवालों पर ख़ून का खौलना बन्द हो चुका था। छत्तरपुर स्टेशन आते ही उसने मन्दिर की तरफ़ सर झुकाया और उसने अपने इष्ट की तरफ़ देखा। छोटा-सा सफ़र कितना लम्बा हो गया!

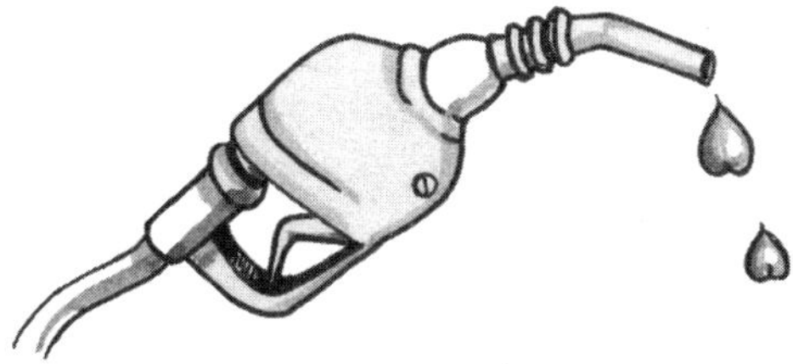

डार्लिंग, अब हफ़्ते में एक ही दिन मिलते हैं। वैसे भी जगह की तलाश में भटककर तेल निकल गया है। इतनी गर्मी में क्या करना है। थोड़ा समर ब्रेक ले लेते हैं। वैसे भी कल से पाँच रुपये महँगा हो गया है तेल। और हाँ, थोड़ा तुम भी घर से निकला करो। बस लेकर आईएसबीटी तक तो आ जाओ। अरे यार, तेल का दाम न बढ़ गया, तुम मेरा ही तेल निकाल रहे हो! नहीं आती। मत बोलना कि मिस कर रहा हूँ...

इस बार हम रामलीला नहीं जाएँगे। चौपाटी जाएँगे। समन्दर की लहरों से टकराएँगे। थक जाएँगे तो आज़ाद मैदान में सुस्ताएँगे। इन उम्र-सी लम्बी सड़कों पर चलते चले जाएँगे। एमएमआरडीए मैदान में ग्यारह लाख के किराए का चन्दा चुकाएँगे। अन्ना-अन्ना चिल्लाएँगे। जब शोर बढ़ता चला जाएगा, हम आई लव यू-आई लव यू चिल्लाएँगे। लोकपाल की जगह एक लवपाल बन जाए तो हम प्रेमियों का दिन बन जाए। कितना अच्छा होगा, तब हम हुमायूँ के मक़बरे के मैदान में एक दूसरे की गोद में सोने का बहाना नहीं करेंगे...

अब आपकी बारी...

कुछ वर्षों पहले हिन्दी की प्रसिद्ध लेखक निर्मला जैन जी की एक किताब का रेखाचित्र बनाने का मौक़ा मिला...उसमें उन्होंने कहा था कि 'एक वक़्त के बाद कोई भी शहर वहाँ के रहनेवालों के लिए जीने का तरीक़ा हो जाता है, जिस तरह हम शहर को बनाते हैं, वैसे ही वह हमें बनाने लग जाता है...और हम दिल्ली वाले, आगरा वाले या मुम्बई वाले कहे जाने लगते हैं।' 'इश्क़ में शहर होना' की कहानियों का चित्रांकन करते हुए मैं इन बातों को और गहराई से समझ पाया। *पतझड़ में लोधी गार्डन के माली उदास क्यों रहते हैं...सुनसान सड़कों और गलियों में भी कई उम्मीदों की परवरिश होती है*...इन पंक्तियों को पढ़कर ऐसा लगा कि लप्रेक मेरे लिए है। हर पन्ने के साथ यह अहसास गहरे उतरता गया कि इस शहर को देखने के लिए मुझे किसी और के चश्मे की ज़रूरत नहीं है। यह रवीश की लिखावट की ख़ासियत है कि मैं कब इस किताब के चित्रकार से इसका लेखक बन गया, पता ही नहीं चला।

मेरा यह प्रयास कितना सफ़ल रहा यह तो पाठक ही बताएँगे, पर आभार रवीश का...उन्होंने मुझे वह आज़ादी दी और अपनापन दिया। किताब पर काम करने के दौरान उनके प्रति मेरा सम्मान और भी बढ़ा है। किताब के स्वरूप, आकार और व्यावहारिकता को लेकर सत्यानन्द जी का 'मछली की आँख वाला' वाला मार्गदर्शन सराहनीय है। इसके साथ राजकमल प्रकाशन के प्रबन्ध निदेशक श्री अशोक महेश्वरी का भी आभार, जिन्होंने मुझे यह अवसर दिया।

लोगों का किसी किताब से जुड़ाव उस रचना की सफलता है। मैंने भी इस किताब के बनने के दौरान अपने बहुत सारे कोने बनाए या कोने से जाले हटाएँ हैं...अब आपकी बारी...

विक्रम नायक

18 जनवरी, 2015
नई दिल्ली

रवीश कुमार

आमतौर पर लोगों के दिलों में *एनडीटीवी वाले रवीश* के नाम से एक बड़ी पहचान। बिहार के मोतिहारी ज़िले के जितवारपुर गाँव से चलकर दिल्ली शहर में *स्थायी पता* की तलाश करने वाले। लप्रेक का नया कॉन्सेप्ट शुरू करने वाले। *वन रूम सेट का रोमांस* जैसी लम्बी कहानी किस्तवार लिखने वाले *क़स्बा* के ब्लॉगर। आमतौर पर इनका सबसे बड़ा परिचय— *रवीश की रिपोर्ट* वाले रवीश कुमार। *रैमॉन मैगसेसे अवार्ड 2019* से सम्मानित। *इश्क़ में शहर होना* का अंग्रेजी में *अ सिटी हैप्पन्स इन लव* नाम से अनुवाद प्रकाशित। *बोलना ही है* किताब अंग्रेजी, मराठी और कन्नड़ भाषाओं में भी प्रकाशित।

विक्रम नायक

दिल्ली निवासी चित्रकार, कार्टूनिस्ट, छायाकार और जाने-माने फ़िल्मकार जिनके दृश्य अपनी सादगी और ऊर्जा से लोगों के दिलों में घर कर लेते हैं। 1997 में स्नातक की डिग्री ली। तभी से हर साल भारतीय कला दीर्घाओं में इनके काम की प्रदर्शनी लगती रहती है। इनकी कला जर्मनी, ग्रीस, ऑस्ट्रेलिया, अमेरिका और नीदरलैंड में भी प्रदर्शित। अपने पेशेवर और छात्र जीवन में, 2 डी कला-रूपों, अभिनय और निर्देशन के लिए कई राष्ट्रीय और अंतर्राष्ट्रीय पुरस्कारों से सम्मानित।